suncolor

suncolor

假面飯店 前夜

マスカレード イブ

MASQUERADE EVE

東野圭吾

陳系美／譯

suncolor 三采文化

各自的假面

1

下午六點過後，來櫃檯辦理入住手續的客人變多了，幾乎都是商務風的男性。山岸尚美的上司——亦即櫃檯經理曾說這個時段來辦住房手續的客人大多心情愉悅，因為洽商或業務工作若沒能順利完成，不會在這個時間來飯店。

山岸尚美望著陸續進來的住宿客人的表情，覺得這個說法某種程度上是正確的。他們的表情有種安心的感覺。相對地，深夜才來的客人，臉上顯現的並非單純的疲勞之色，大多還帶著一種焦躁感。這種時候，尚美由衷希望客人待在飯店時能好好放鬆。

一位女性客人走向櫃檯，年齡約二十歲後半段，長髮燙著波浪捲，容貌秀麗，身材也不錯，灰色洋裝穿在她身上很搭。尚美記得在人氣時尚品牌 FOXEY 看過這件洋裝。手上拎的包包應該是 PRADA。

這位小姐報上姓氏：「我姓西村。」

尚美快速查看終端機的資料，不到五秒便從名單中找到名字。

「您是西村美枝子小姐吧？」

「對。」

「讓您久等了。您預約的房間是豪華雙人房，到明天一晚是嗎？」

西村美枝子帶著幾分臭臉回答：「是。」

「那麼請您在這裡填上姓名、住址等資料。」

尚美將住宿登記表放在她面前，趁著她填寫個人資料時，操作終端機搜尋房間。她訂房時提出的希望是「可抽菸的豪華雙人房」，尚美快速瀏覽後，選了 1105 號房。

「寫好了。」西村美枝子說。

尚美看了住宿登記表的內容，問她：「請問您是付現還是刷卡？」

「付現。」她邊回答邊從 PRADA 包包拿出錢包。錢包是香奈兒的。

「那我們先收您押金。這次的住房費是七萬圓，當然在退房結帳時——」

她稍稍抬手，猶如叫尚美不用說那麼多，然後默默從錢包抽出七張一萬圓紙鈔，放在小托盤上。指甲的顏色是淡粉色，前端有金色線條的指甲彩繪。

「謝謝您。」

收下現金後，尚美請她填寫預收押金單。她一臉不悅地拿起原子筆。臉上表情彷彿在說「才住一晚幹麼這麼麻煩。」

確認預收押金單後，尚美遞出房卡：「房間是 1105 號房，現在立刻帶您過去。」

尚美要呼叫門房小弟時，她伸手制止：「不用了。」

「這樣啊。那請您好好休息。」

收下房卡後，她毫不遲疑地走向電梯。尚美看著她的背影，鬆了一口氣。

霎時感到背後有人的尚美，一回頭只見櫃檯的前輩久我帶著沉穩的笑容望著她。

「看來妳很熟練了嘛，也沒有多餘的動作。不過表情有些僵硬。」

「會嗎？」尚美不由得摸摸臉頰。

「昨天我也有同樣的感覺，妳面對年輕的女性客人好像會過度在意哦。」

「其實我並沒有特別去意識……」

「可能妳不由得興起好奇心吧。想說為什麼年輕女性會獨自來到這種都會飯店，所以超乎必要地觀察對方。」

久我說中了。尚美有這個毛病，尤其當對方和自己年齡相仿，她總會動用想像力，檢視對方的服飾或隨身物品。

「之前我也說過了，來飯店的人都帶著面具。一種稱為客人的面具。不可以想把它拆下來。」

「今後我會小心點。」尚美輕輕點頭。

久我不禁苦笑，拍拍她的肩便走了。

尚美悄悄地皺起鼻子，以指尖搔搔太陽穴，心想這份工作果然很難。原本想對人有所幫助才選擇這個職業，卻沒想到不可以太關心對方——

尚美在東京柯迪希亞飯店服務已有四年多，但被派到當初希望的櫃檯工作是上個月的事，從退房業務做起，基本上只有核算費用與結帳，對新人來說不是太難的工作。

即便如此，尚美也犯過幾次錯誤。譬如一對看似父女的客人來結帳時，女性在看迪士尼樂園的簡介，於是尚美對男性說：「接下來要和您女兒去迪士尼樂園啊？真好啊。」一旁的女性聽了噗嗤失笑，男性板起臉孔不回答。尚美見狀立即察覺他們是年齡差距頗大的情侶，卻也無法從容地重拾笑容，連客人離去時該說的「謝謝光臨，歡迎再度光臨」也沒說出口。

她還曾粗心地唸出帳單內容與金額，遭到久我責罵：「有時客人不想讓人聽到，稍微用心點。」客人用的是很便宜的套裝優惠價，不想讓女伴知道。這一點久我也提醒她，下次一定要注意。

但尚美也克服了這些小缺失，上週起開始負責住房業務。這項工作比退房業務難上好幾倍，必須非常小心謹慎。畢竟客人的要求千奇百怪，時而會提出令人為難的難題。儘管如此也得隨機應變，謹慎處理，不要引發任何麻煩，這才是專業的櫃檯人員。飯店人員嚴禁說「這個不行」。

每次犯錯時，尚美都忐忑憂慮，自己能成為專業的「飯店人」嗎？這一天什麼時候會到來呢？

晚上八點多，有個三人組出現了。三人都是男性，只有一人穿西裝，其餘兩人穿得很輕鬆，但這兩人體格都很好，其中一人身材特別魁梧。看到這個人的臉，尚美有些緊張。他是兩年前退休的前職棒選手大山將弘，現在從事演藝活動與棒球解說。連對棒球不太熟的尚美都知道這號人物，想必是明星球員。

仔細一看，另一位體格不錯的人也有點面熟。果然也是前職棒選手。雖然不知他的姓名，但他常以大山將弘的小弟身分上電視，也曾聽說他當選手時的成績不出色，但上電視時的談話很有趣。

他們的後面有位門房小弟推著推車。推車裡放著行李箱，看似要去海外旅行。可能在這裡住一晚，明天要前往成田機場。從這間飯店到機場的交通很方便，旁邊就有前往機場的利木津巴士的客運站。但或許大山將弘一行人會包車或搭計程車去吧。

那位穿西裝的男性小跑步來到櫃檯說：「敝姓宮原……」

尚美看向終端機的螢幕。宮原——是她以前耳熟的姓氏。

看到宮原隆司這個名字時，尚美心頭一驚，因為連下面的名字都一樣。她不禁抬頭凝視這名男子的臉，還倒抽一口氣，輕輕地「啊」了一聲。

對方似乎也察覺到了。看向她的臉龐時，忽然睜大眼睛，同時驚愕得嘴巴半開。

接著他將視線轉往尚美的左胸，看了她的名牌。

當他再度看向尚美的臉時，眨了好幾下眼睛，嘴角露出微笑說：「嚇了我一跳，原來妳在這裡上班……」

尚美行禮後說：「好久不見。」她受過職場教育，知道遇見熟人時該如何應對，原則上要把私人對話減到最少。即使對方是客人也一樣。這裡考驗的是臨機應變。

「對哦，妳以前說過，妳的夢想是在飯店工作。我想起來了。」

尚美微笑點頭，確認終端機裡的預約內容。

「您訂的房間是，一間豪華套房、一間豪華雙人套房和一間單人房，唯獨單人房要禁菸房，沒錯吧？」

「嗯，沒錯。」

尚美將三張住宿登記表排在櫃檯，請三位客人各自填上自己的姓名、住址等資料。

「可以全部由我填嗎？」

「我們盡可能希望客人自己填。」

「好吧。」宮原說完後就回去找那兩個人。那時兩人在談笑，宮原不曉得說了什麼，大山的笑容消失了，以大阪腔粗聲粗氣地說：「你幫我寫啦！」聲音大到連尚美都聽到了。

宮原快速回到櫃檯：「抱歉，還是我來寫吧。」

「好吧。」

他在填寫住宿登記表時，尚美看著終端機的螢幕，一邊確認預約內容，一邊挑選房間。這時，她發現宮原上班的公司是大山製作，應該是大山將弘的經紀公司。

尚美以眼角餘光偷看他的模樣，好像比以前胖了些。以前下巴有稜有角，現在圓了些；以前略顯陰鬱的面容現在也變柔和了。往他的左手一看，沒戴戒指。

「這樣可以嗎？」宮原問。

尚美確認三張住宿登記表。住豪華套房的是大山，宮原住單人房，另一個人住豪華雙人房。看著宮原的筆跡，心中泛起一股懷念的感覺。

「可以。」尚美回答後，將三份放有房卡的紙袋並排在櫃檯。接著告知房號後，呼叫門房小弟，並將紙袋交給門房。

「那麼，請您好好休息。」尚美恭敬地向宮原行了一禮。

「嗯。」宮原點頭轉身，卻又再度回頭，靠著櫃檯探出身去。

「這裡的工作幾點結束？」宮原悄聲地問。

尚美差點回答十點，很努力忍了下來。

「有事的話，請別客氣跟我們聯絡。櫃檯二十四小時都有人服務。」尚美謹記受訓時的應對辭令，以該有的發聲和語調回答。當然也露出受訓時被交代的笑容。

宮原瞬間露出受傷般的表情，但也隨即笑著點頭：「我明白了啦。」

目送他和其他三人前去搭電梯後，尚美立刻看向旁邊的久我。他輕輕地點頭，似乎在說「應對得不錯」。看來他也聽到尚美與宮原的對話了。尚美頓時羞得低下頭去。

2

宮原隆司是尚美大學時期的學長。地方出身的她來到東京後，希望能趕快建立人際關係，於是參加了很多社團，其中一個是電影研究會，宮原是社團的前輩。他比尚美大四歲，因為重考過一次，尚美入學時，他剛升上大四。

那時有個以新進社員歡迎會為名目的聯誼，新社員必須舉出幾部自己喜歡的電影。尚美舉了三部，其中一部是《大飯店》（Grand Hotel）。入學前她曾租 DVD 來看，劇情實在太感人，她喜歡到去買 DVD 回來收藏。

迎新會進行到一半時，宮原來到尚美旁邊，邊幫她斟啤酒，邊說她舉了這部電影讓他很高興。

「《大飯店》是榮獲奧斯卡最佳影片的電影，可是社團裡的人幾乎沒看過。雖然是老舊的黑白片，但堪稱是大飯店電影的原點。這部電影，妳喜歡哪個角色？我最喜歡約翰·巴里摩（John Barrymore）飾演的陰險男爵，能把那麼膚淺的人物詮釋得活靈活現，就某個意義來說很厲害。妳不覺得嗎？」

尚美表示同感，但她接著說：

「不過我看這部電影，倒不是特別喜歡哪個角色。我覺得每個人物都很有個性，也都有各自的人生深度。我喜歡這部電影在於飯店那個場所，飯店是個每天不變地上演人生大雜燴的場所，我很嚮往這種地方。」

如今回想起來，尚美覺得當時只是個區區的新進學生，說這種話也太囂張。但當時的想法，即使是八年後的現在依然沒變。

不知道宮原是否覺得這個大一女生的看法太囂張，但他當時聽得津津有味，後來兩人也就《大飯店》談了很久，氣氛相當熱絡。看來宮原說他也喜歡這部電影並非虛假。

由於這件事，兩人的感情急速加溫。雖說是電影研究會，但這個社團經常開聯誼會，只是偶爾聊聊電影，時而邊喝酒邊聊和電影完全無關的事。可是尚美和宮原不同。他們不僅看各種電影，也會花上好幾個小時談電影。沒多久，兩人的關係就發展成情侶，縱使宮原畢業後也持續交往。

宮原是個有點軟弱的男人，總是過於在乎別人，搞得自己吃大虧。但在溫柔體貼這一點上，是尚美認識的人當中最好的。在電影院裡，他總是縮著頭坐在椅子上，擔心自己的身高會不會擋到後面的人看電影。相反地，若坐在尚美前面的人太高，他一定會跟尚美換位子。但換了位子，尚美擔心他看不到，這時他一定這麼說：

「不要緊，要是看不到，晚點妳再告訴我劇情就好了。」

還不忘補上一句「妳要連我的份也仔細看喔。」

他的體貼也展現在別的事情上。譬如去電影院時，他總是帶著大包包，尚美知道裡面裝了膝毯，以備電影院沒有出租膝毯時可以用。當然，這是為尚美準備的。

這樣的他就職的是中堅企業的土木承包商。尚美不清楚詳細的工作內容，但從他的談話聽來，似乎還不到被委以重任。只是跟在前輩的後面轉來轉去——他是這麼說的。即使如此，這依然是一份令他有成就感的工作，他的目光炯炯有神。看在尚美眼裡，覺得這樣的男友很可靠。

但不久，黑暗的轉折點到來。公司倒閉了。對宮原而言好像也是突如其來，因此與尚美見面時，也會莫名的出神。

處於失業狀態，應該也沒心情享受約會。後來宮原便斷了音訊。當然尚美也不好主動跟他聯絡。

連續三週音訊全無後，宮原打電話來說有事想見面談一談。尚美帶著某種預感前往碰面地點。

宮原的表情很開朗。因此尚美心想，會不會是自己的直覺錯了？但從他嘴裡說出來的話，果然正如尚美預料的，宮原想分手。

「我要去大阪的公司上班了。還是不動產的相關工作，但這次應該沒問題。」

他說他原本是京都出身，所以關西那邊有人脈。

「遠距離戀愛也是一個辦法，不過我現在滿腦子都是工作的事，坦白說，暫時沒辦法想別的事情。這麼說很自私，對妳也很過意不去。抱歉。」

宮原低頭致歉。

看著這樣的他，尚美心想，這個人真的很認真，而且老實到有點蠢。若是他愛上別人也就算了，但事實並非如此，他大可先跟尚美維持關係，等去了大阪以後看情況再決定。可是他的個性不允許這種半調子的事。

「我明白了。」尚美回答：「你就好好努力，要保重身體喔。」

「謝謝。」宮原答道。

尚美高中時期也交過男朋友，但交往兩年以上的只有宮原。雖然她對宮原的感情沒變，但握手道別時卻奇妙地不難過，反倒擔心這個人真的不要緊嗎？

之後兩人也通過幾次簡訊。就內容來看，宮原在新公司也很拚的樣子。但到了尚美即將大學畢業時，這種簡訊來往也逐漸斷了。因為她自己忙著找工作，也沒心思在意這種事。

此刻尚美腦海裡浮現他現在的公司名稱，大山製作──

他應該在不動產相關行業上班，為何會當前職棒選手的經紀人？

電話鈴聲將出神想著這些事的尚美拉回了現實。響的是後面的電話。因為她反應有點慢，久我先接起了話筒。公司規定，電話鈴聲響三聲前要接電話。

久我一邊說：「好，把電話轉過來。」一邊開始操作終端機。看著這一幕，尚美猜想可能是要訂當天的房間。因為若來電訂當天的房間，總機不會轉預訂部門，而是直接轉到櫃檯。

「讓您久等了。您要訂今天的房間是嗎？一位嗎？……兩位啊。……這樣啊。好的，請您稍等一下。」久我開始操作鍵盤，盯著螢幕，之後稍微瞅了尚美一眼。尚美心頭一驚，心想，真是罕見，他竟然也會露出這種狡猾的目光。

久我將話筒湊近臉頰。

「真的很抱歉，今天的雙人房和豪華雙人房都客滿了。剩下的只有豪華套房，還有更高級的房間。……我明白了。這樣的話……啊，不好意思，今天的豪華套房也客滿了。如果是總統套房，可以立刻為您準備。」

尚美大吃一驚，看向終端機。豈止是豪華套房，連雙人房和豪華雙人房都還有空房。而總統套房，在這間飯店是僅次於皇家套房的高檔房間，一晚定價高達十八萬圓。

但打電話來的人似乎答應了。久我和對方交談的聲調也提高了。

「好的，那我們就準備總統套房等候您今晚入住。能不能先請教您貴姓大名？……鴨田先生。不好意思，請問您的全名是？」

久我把姓名、聯絡方式、預定抵達時間，甚至連信用卡號都問出來了。可能是為了預防客人臨時取消吧。

「那麼恭候您的光臨。」久我說完掛掉電話後，眨眼對尚美說：「我賭贏了。」

「對方竟然會答應啊。他不覺得這麼貴的房間就算了嗎？」

「所以我賭賭看啊。不過聽他講話的聲調，我大概就猜出來了。他無論如何都想住進來。可能是和女人一起，急需房間，可是一直找不到很頭痛吧。」

「但這樣就推薦人家住總統套房……」尚美望著前輩輕輕搖頭：「你還真敢啊。」

「我可是只花五分鐘就做到十八萬的業績喔。」久我指著手錶笑說。

在飯店裡，戴面具的不止客人。若拆掉飯店人員的面具，裡面有一張商人的臉——

尚美心裡不禁思索著。

3

這天，尚美值班到晚上十點。但必須把後續作業移交給夜班，無法立即回家。尤其她算新進的櫃檯人員，還有很多事要做。

東京柯迪希亞飯店隔著一條街還有一間別館，公司的事務部門幾乎都在別館。尚美結束櫃檯工作後，沒換衣服就埋頭將今天的工作內容整理到電腦裡。這並非上司的命令，是她自發性的行為。她想盡快追上前輩們，不想當前輩們的絆腳石，因此才做這項工作。這星期值午班，所以明天只要下午四點到班即可。回家時，她常去超商買吃的。雖然老家的母親經常嘮叨：「妳有沒有自己下廚？老是外食或吃便當會營養不良喔。」但現在也沒時間管這麼多了。回到家後洗澡、吃了超商便當就睡了。對現在的她而言，睡覺才是最需要的營養。

作業終於告了一個段落，站起來想換衣服時，外套口袋裡的手機忽然響了。

她訝異著這種時間誰會打來，往液晶螢幕一看，霎時驚得打直背脊。因為出現的名字是宮原隆司。

躊躇了半晌，她決定接電話：「喂？」

「啊，小尚？是我啦，隆司。」

什麼小尚啊，居然叫得這麼親暱。尚美很想訓他一頓，但忍了下來，以非常客氣且公事化的應對說：

「是的，您是宮原先生吧。」

「太好了，妳的手機號碼沒變。」

經他這麼一說，尚美才想到，是啊，真的沒變。她從高中開始用手機，一直以來都是同樣的號碼。想必宮原也一樣吧，所以尚美手機的來電顯示才會出現他的名字。

「請問有什麼事嗎？」尚美以公事化的語氣說：「如果是和本飯店有關的事，請找櫃檯——」

「發生大事了。」宮原打斷她的話：「我需要妳的幫助。」

「啊？」尚美原本想問到底怎麼了，連忙改說：「請問，是什麼事呢？」

「在電話裡不好說。妳能不能來我的房間？」

「去您的房間？……可是我現在不是值班時間，請找別的櫃檯人員——」

「這樣不行啦。」宮原的語氣帶著一種迫切感。「一定要妳才行。如果誰都可以，我早就打電話去櫃檯了。就是因為不行，我才明知妳會為難，還打電話找妳。所謂溺水的人連稻草都會抓呀。」

我是稻草嗎？尚美很想反嗆回去，但忍了下來，公事公辦地說：

「即使您這麼說，我的值班時間也已結束，可能幫不上您的忙吧。」

「這也不見得呀。妳或許幫得上忙。總之我希望妳來我的房間。飯店這種地方，只要不是犯罪，都要盡力回應客人的要求吧？不可以說不吧？這是妳以前說的喔。」

尚美無法反駁。她也記得自己以前確實說過這種話。況且事實上，這也是身為飯店人的鐵則。

尚美將手機拿開耳際，重重嘆了一口氣。然後又將手機拿到嘴邊。

「好吧。我現在就過去。」

手機裡傳來鬆了一口氣的聲音。

「謝謝妳。我欠妳一個人情。」

「我還不曉得幫不幫得上忙，您不用向我道謝。能否把房間號碼告訴我？」

「妳只要來陪我談一談就行。房號是 1105。」

「1105 是吧。」尚美拿起原子筆，在左手手背寫上「1105」。霎時，腦中萌生一種異樣感。「呃……是這個房間嗎？宮原先生您的房間應該在另一層樓吧？」

「真厲害。妳說得沒錯，這不是我的房間。」

「那是誰的房間？」

「這種事，妳查一下就知道了吧。」

「是沒錯啦……」

「總之，我等妳來喔。還有，這件事我希望妳不要告訴任何人。包括妳的上司和同事，拜託妳了。」

「這就有點……看內容而定，或許我有必要報告。」

「真的拜託妳了。這是我一生一次的請求。」

聽到宮原這句請求的話，尚美想起遙遠的從前也聽過同樣的話。那是約會結束後，宮原送她回家，到了公寓前，宮原雙手合掌懇求尚美讓他進房間。在這天以前，兩人並沒有肉體關係。

尚美很想吐槽他，那時我不是已經答應過你一生一次的請求。

「好吧。總之，我現在先過去看看。」

「謝謝妳。真的感激不盡。那我等妳來喔。」說完他就掛斷電話了。

尚美皺了皺眉頭，拿起外套。究竟發生了什麼事。她不想被捲入麻煩事，但這激起了她的好奇心也是事實。

返回櫃檯後，夜班人員當然一臉困惑望著她。

「咦？山岸，妳還在啊？怎麼了嗎？」比尚美大十歲的櫃檯前輩問。

「沒什麼事，只是有東西要交給客人。」尚美邊回答，邊操作終端機，想確認1105號房的房客。看到「西村美枝子」，想起那位小姐。穿著FOXEY洋裝、身材苗條的美女。

為什麼他在那位小姐的房裡？尚美有種不祥的預感，而且這個預感一定會應驗。果然應該拒絕他才對。尚美後悔但已來不及。現在只能硬著頭皮去了。

搭電梯來到十一樓，走進走廊，來到1105號房門前。這是豪華雙人房，不像是女人會隻身入住的房間。

尚美做了一個深呼吸後敲門。臉部表情有些僵硬，但還是努力讓嘴角上揚。

門開了。宮原從門縫裡探出臉來，眼睛轉啊轉地東張西望。

「謝謝妳來。沒有人跟來吧？」

「您是這麼指示的。」

「那就好。」

宮原把門打開，尚美行了一禮，說聲「打擾了」便踏入室內。抬起頭時，最先進入眼簾的是客房服務用的推車。推車上放著紅酒冰桶與一瓶香檳王。再往桌子看去，桌上放著兩只香檳杯與一盤法式冷盤。其中一只香檳杯還印著口紅印。

回頭一看，尚美倒抽了一口氣，很想直呼「這到底怎麼回事」。因為宮原裸身穿著浴袍。

「你也至少穿件衣服好嗎？」尚美眉頭一皺，不由得脫口而出，旋即用手遮住嘴巴：「……啊，對不起，失禮了。」

「沒關係啦，講話不要這樣公事化。」宮原厭倦地說，然後看向安裝在牆上的鏡子：「不過，妳說的對。抱歉，我這就去換衣服。」語畢打開浴室門，走了進去。

尚美嘆了一口氣，再度環顧室內。雙人床還沒用，床罩依然蓋得好好的。一雙膚色的褲襪掛在床頭櫃前的椅背上。

宮原打開浴室門走了出來，一身西裝褲與白襯衫的打扮。外套和領帶可能放在自己的房裡。

他搔搔頭，喃喃地說：「這下真的慘了。」

「請問發生了什麼事嗎？」

尚美如此一問，宮原又一副厭倦地歪歪嘴角，一屁股坐在床上。

「妳講話可不可以不要這麼公事化。妳不是說已經下班了嗎？那就輕鬆一點嘛。」

尚美深深吸了一口氣，瞧不起前男友般地直接說：「怎麼啦？」

宮原摸摸後頸：「就如妳看到的呀。」

「我就是看不懂才問啊。」

於是他一臉鬧彆扭地說：「女人不見了。」

「不見了？」

「我在淋浴的時候，她突然不見了。」

「等一下。能不能從頭開始說清楚，我根本聽不懂你在說什麼。女人是誰？西村美枝子小姐嗎？」

「西村？哦，原來這次她用這個名字登記啊？那就沒錯了，就是這個女人。住在這個房間的女人。」宮原一臉嫌惡地說。

尚美指向地板：「為什麼隆司……宮原先生會在她的房裡？」

「為什麼？那是因為……」宮原聳聳肩：「我們是這種關係呀。」

尚美瞬間暈眩。果然正如自己料想的。

「意思是，」尚美舔舔嘴唇繼續說：「你和她是，在豪華雙人房，叫客房服務香檳來喝的關係？而且可能不止如此，洗完澡後，還要……」尚美將視線投向床鋪。

「嗯。」宮原交抱雙臂點點頭。

「她是你的什麼人？」

「這該怎麼說呢？」他歪著頭：「最容易懂的說法是……應該是外遇對象吧。」

尚美又稍感暈眩。「宮原先生，你結婚了？」

「嗯，兩年前。」他難為情地將雙手貼在後頸。

尚美瞠目結舌。「才兩年，你就搞外遇？」

「這事說來話長。原本只是一時衝動，後來變得沒完沒了。抱歉。」

「不用向我抱歉。」

「嗯。」宮原垂下頭，縮起身子弓著背。那副模樣，簡直像小動物。

「為什麼把外遇對象帶到這種地方來？」

「因為一直沒什麼機會見面，況且我明天就要出國了……」

「每次都用這種方式嗎？讓她住進別的房間，夜裡你再偷偷溜過來？」

「也不是每次啦，因為工作必須住飯店時就順便……」
「其他的人知道嗎？大山先生呢？」
「沒有人知道。大將很遲鈍，而且他這個人不管別人的事。」
大將，指的是大山將弘。
尚美雙手叉腰，輕蔑地看著往昔的戀人。
「所以呢？為什麼外遇對象不見了？」
「我就是搞不懂為什麼嘛。就如妳看到的，我之前還跟她開開心心在喝香檳。後來我去洗澡，她突然打開浴室的門，探頭進來跟我說。」
「跟你說？說什麼？」
「說再見。」
「再見？」
「她說跟我相處後非常瞭解我的本性了。還說是她自己笨，活下去也沒有用了，所以再見……」宮原的視線在空中飄移，彷彿在回想當時的情況，然後看向尚美：「她說了這些就走了。我想追出去，可是當時我正在洗澡。後來急忙跑到走廊一看，她已經不知去向。」

尚美瞪著宮原：「你對她說了什麼？」

「我什麼都沒說呀。就像我剛才跟妳說的，我們只是開心地在喝香檳。」

「不可能什麼都沒說吧。不然她為什麼會突然跟你說這種話？」

「我哪知道啊，我才想問呢。」

尚美反覆地眨眼，走到窗邊。窗簾拉得很開，窗外一片美麗夜景。

然後她在一旁的沙發坐下。這種行為在客人面前是禁止的，但她已經不想把這個男人當客人對待。

尚美再度望向床頭櫃，法式冷盤的一角，殘留很多白色奶油。

「你和她到底談了些什麼？」

「沒談什麼呀，就談談彼此的近況，還有她想要什麼旅行伴手禮，大概就這些。」

「你好好回想一下。或許對你來說無所謂，但卻重重傷到了她。」

「妳叫我怎麼想呢？我沒印象也沒辦法呀。況且我覺得，現在不是議論這種事的時候吧。把她找出來才是最重要的。」宮原焦躁地微微抖動雙腿。「因為她以前也做過好幾次。」

「做過什麼事？」

「就是……自殺未遂。」

尚美霎時驚住了，吞了一口口水問：「真的？」

「剛開始是割腕，接下來是吞安眠藥。不過都沒有大礙。」

「為什麼她要做這種事？動機為何？」

「我哪知道啊。」宮原攤手，「她有時候會忽然精神不穩定。這種時候，跟她說什麼都沒用。」

尚美皺起眉頭，回想宮原剛才說的話。

「活下去也沒有用啊……如果是這樣，感覺有點危險。你報警了嗎？」

宮原用力搖頭：「我哪敢啊！」

「為什麼？」

「這還用問嗎？」

「怕你太太知道你有外遇？」

「不只是這個。萬一事情鬧大了，也會給大將和公司帶來困擾。」

「只要你辭職就沒事了吧。」尚美冷冷地說。

宮原陷入沉默，一臉沉痛地低著頭。

尚美起身走向床頭櫃。

「妳想做什麼？」宮原問。

「這還用問嗎？我要和櫃檯聯絡。總之要先讓夜班經理知道，請他想辦法處理。」夜班經理是統管夜間住房部的負責人。

尚美拿起電話的同時，宮原飛也似的衝過來按掉電話說：「不可以。」

「你冷靜想想看，這可是關係到人命喔。」

「這我明白，所以才會向妳求救呀。」

「我這種基層小員工能做什麼呢？」

「事情鬧大的話，也會傷到飯店的形象。但如果是現在這樣，不管發生什麼事都不會追究飯店的責任。妳就裝作不知道吧。我絕對不會告訴任何人，我找妳商量過。」

「問題不在飯店的形象……」

「拜託啦，求求妳！」宮原依然按著電話，低頭懇求。

尚美別過臉去。看到旁邊的菸灰缸裡有兩個白色濾嘴的菸蒂。不知道是什麼牌子的菸，但看似是女人喜歡的細長香菸。

尚美將視線轉回宮原。他依然深深低著頭。尚美發現他頭頂的髮旋處夾雜著些許白髮。明明才剛滿三十歲——

尚美嘆了一口氣：「好吧，我不會跟任何人說。」

宮原從下面偷看她：「真的？」

「嗯。」

「太好了。」宮原露出一臉由衷放心的表情，再度坐在床上。

尚美將話筒放回去。

「不過，你打算怎麼辦？剛才我也跟你說了，我什麼忙都幫不上喔。」

「妳有沒有什麼好主意？能夠找到她的好辦法？」

「你打過她的手機嗎？」

「打好幾次了，一直都是關機狀態。我也在手機裡留了言，也傳了簡訊過去，可是沒有任何反應。」

尚美搖搖頭，又坐回沙發。「你和她，是在哪裡認識的？」

宮原面色凝重地開口：「北新地的酒店。」

「她是酒店小姐啊。那麼出身呢？」

「是哪裡呢……」宮原偏著頭，「妳問這個做什麼？」

「說不定那裡有人脈可以問問，或是親朋好友之類的。」

「我不知道耶，我從沒問過她這種事。」

尚美思索了起來。一個女人獨自走出這間飯店，會去哪裡呢？如果是出去喝酒透透氣，那麼人形町很近，銀座也不遠。

宮原雙手交抱於胸，深深地轉動脖子。看起來相當疲憊。

「喂，」尚美問：「為什麼你在大山製作上班？你後來不是在不動產公司上班嗎？」

宮原抬頭淺淺一笑，搔搔頭。

「我是去不動產公司上班了沒錯，可是後來這間公司也經營不善，結果我成了裁員對象。因為那時我是約聘員工。」

「原來是這樣啊……」

「我堂姊和大將的太太很熟。而這位太太也是大山製作的社長喔。因為這層關係，她就雇用了我。剛好那時擔任經紀人兼司機的人辭職了，他們在找人接替。」

「嗯哼，從不動產公司到演藝經紀公司啊。」

「妳嚇了一跳吧，其實我也是。我萬萬沒想到會做這種工作。不過做了以後覺得蠻有趣的。意外地覺得很適合我。」宮原開心地說完後，忽然回神皺起眉心：「現在不是聊這種悠哉事的時候，得趕快找到她才行。」

「你明天要出國？」

「嗯，要去西班牙看足球賽。這是電視節目的特別企劃喔。明天早上七點多就必須離開這裡。」

尚美看看手錶，已經快深夜一點了。她站起身來。

「妳要去哪裡？」宮原問。

「得去找她才行吧。我來想想有什麼辦法。」

「那我要做什麼呢？」

「你待在這裡。說不定她會忽然回來。」

「哦，說得也是。……我知道了。」

尚美朝著房門踏出一步時發現，床下好像有東西在發亮。仔細一看，是一只耳環。拿起來細看，耳環上有個淡粉紅色的心型墜飾在搖晃。可能是西村美枝子掉落的吧。

她本來想把耳環放在床頭櫃上，但旋即又改變主意。若是不小心掉了一個，那另一個可能還戴在她耳朵上。要找目擊者的話，這可以當作一種標記。

尚美抽了一張面紙，將耳環包起來並放進外套口袋裡。

4

「沒有，我沒看到。」

門房小弟杉下只看了一眼尚美遞出的耳環便搖搖頭，尚美是想問他有沒有看到單耳戴著同樣耳環的小姐。杉下雖然是門房小弟，但可是比尚美資深一年的前輩，所以在接待客人這方面，經驗也比尚美豐富許多。因此尚美被派來當櫃檯後，很多事情都會找杉下商量。

「這位小姐可能穿著灰色洋裝，是個身材苗條的美女。」

「我一直都待在這裡，都沒有看到。別說耳環了，這個時間根本沒有年輕小姐經過。當然，也有可能是我看漏了。」

杉下說的「這裡」，指的是服務台。從這裡可環顧整個大廳，當然也看得到從正門玄關出入的人。

「這位小姐怎麼了嗎？」

「嗯，那個……不是什麼大不了的事。」

「妳今天不是夜班吧。如果不是什麼大事就交給別人做，妳趕快回家比較好。」

「好，我知道了。」

尚美說了一聲謝謝，行禮後轉身離開。

深夜的大廳不見人影。酒吧也早就打烊。

尚美站在大廳的牆邊，眺望正門玄關，總覺得很奇怪，不禁側首思索。要是西村美枝子離開飯店，應該是晚上十一點以後。這個時間已經很少人進出了。門房小弟這個工作很講求注意力，尤其杉下在這方面很優秀，不可能看漏才對。

更何況剛才用終端機查了一下，西村美枝子並沒有退房。如果她不想回飯店，應該會退房結帳吧。她住房時預付了七萬押金。難道是因為想自殺，所以不在乎錢？

尚美思索著這些事，不經意看向櫃檯，只見剛才和她交談過的櫃檯前輩在講電話，不知為何面帶慍色。

尚美有點在意，便趨向前去。

櫃檯前輩掛掉電話後看到她，驚愕得張大眼睛。

「怎麼啦？妳怎麼還在？」

「我忘了拿東西。倒是剛才出了什麼事嗎？」

「哦，沒什麼啦。就是那個住總統套房的客人，點了非常豪華的客房服務，剛才廚房打電話來問沒問題嗎？我問了信用卡公司，他們說沒有提出失竊申請，也不是黑名單上的人。所以就回答廚房沒問題。」

「咦……」

這是很罕見的事。住房、吃喝昂貴料理，費用全部記在房費上，然後沒辦退房手續直接溜出飯店，原先用來付押金的信用卡也不能用——亦即霸王房客手法。但是聽剛才所說的，這個客人似乎不是。

「交班的時候也談到這件事。是久我先生故弄玄虛讓他訂的吧。所以也不是什麼奇怪的客人。」

這位客人辦住房手續時，尚美也略有印象。好像姓鴨田，是個蠻樸素的男人。負責的是久我，所以尚美沒注意鴨田的長相。

尚美看向終端機，畫面顯示出這份豪華的客房服務點餐內容。乍看之下，確實都是高檔的酒和料理，而且菜色都是特別指定。

看著這份菜單之際，尚美忽然靈光乍現。她繞到櫃檯後面，走員工專用走廊，搭電梯到地下一樓。這裡有做客房服務料理的廚房。

廚房與通道間有個櫃檯，櫃檯前站著一名年輕的門房小弟。他看到尚美，也浮現不解之色：「咦？山岸小姐，妳怎麼會來這裡？」

尚美沒回答這個問題，反倒問他：「這該不會是要送去總統套房的？」

「對啊，那個客人真闊氣。香檳王，第二瓶了喔。」他說完後，一位年輕廚師走來，將冰桶放在櫃檯上。裡面放著香檳王。

「我想請你幫個忙。」尚美對門房小弟說，雙手在胸前合十。「你能不能答應我這個請求？一生一次的請求。」

5

尚美被手機鈴聲吵醒。但不是鬧鈴聲，而是來電鈴聲。不過她已料到會有這通電話。看看時間，早上六點多。

「喂？」尚美接聽。

「是我，隆司。妳在睡覺？」

「嗯，睡了一下。」

「這樣啊，抱歉吵到妳了。不過妳可以放心了，她剛才回來了。」

「她去了哪裡？」

「說是去附近的酒吧喝酒。她現在在洗澡。」

「酒吧啊……」

「妳好像不怎麼震驚。」

「沒這回事。我只是一時反應不過來。這樣不是很好？」

「我之前非常焦慮不安，現在稍微可以安心了。抱歉給妳添了不少麻煩。」

「我什麼都沒做。結果我也沒能找到她。」

「不過妳願意幫助我，我很高興。謝謝妳。」

尚美微微一笑，但不知如何回答，只應了一聲「嗯」。

「我等一下就要出發了。」

「不要緊嗎？你應該整夜沒闔眼吧？」

「在飛機上睡就好了。倒是，妳現在在哪裡？」

「我在飯店事務大樓的休息室。」

「這樣啊，真是辛苦妳了。那個……等一下可以跟妳談一談嗎？」

尚美沉默不語。他接著又說：「有點事想跟妳說。」

「好吧。」尚美回答：「等一下我會去櫃檯。等退房之後，看你方便的時間再來找我談。」

「……謝謝，不會花妳很多時間。」

「嗯，晚點見。」

掛了電話，尚美從狹小的床鋪起身。這是她第一次在休息室過夜。

洗完臉後不曉得該穿什麼，結果還是決定穿制服，快速化妝後就離開事務大樓。

早晨的大廳稱不上熱鬧，只見稀稀落落的人影。電梯廳開始零零散散出現的住房客人，陸續走向櫃檯。看著他們的臉，尚美心想，不知他們是否已充分享受飯店時光。

終於，大山將弘那魁梧的身軀出現了。後面緊跟著另一位前職棒選手和宮原隆司。

宮原快步走向櫃檯。他在辦退房手續時，大山他們坐在沙發聊天，這時有一團像是親子團的客人走向大山他們，其中也有小孩。

看來是拜託大山和他們一起拍照。平時給人強硬印象的大山，此時滿臉笑容、親切和藹地面對他們，從嘴形看得出他說「好啊」。

這個親子團陸續換人和大山合照，拍了好幾張照片。即使如此大山也沒擺出臭臉，始終笑臉迎人，最後還答應跟他們握手。親子團頻頻向大山行禮道謝，帶著幸福的表情離去。

辦完手續後，宮原回來了。他朝尚美使了個眼色後，帶大山他們到玄關。看來他們訂了包車，從後座的玻璃窗看到他們上車後車子發動了。

但宮原並沒有上車，目送車子離去後，宮原再度回到飯店裡，往尚美的方向跑去。

「讓妳久等了。」

「你不用一起去嗎？」

「我只是請他們先走，說還有手續要辦。」宮原指向旁邊的沙發：「一起坐下來談談吧。」

「你請坐。我站著就好。」

「那我也要站著。」宮原本來正要坐下又站了起來。「對不起，這樣為難妳。」

「沒關係。你想跟我說什麼？」

宮原「嗯」了一聲低下頭去，不久抬起頭說：

「其實，有件事我必須向妳道歉。」他吞了一口口水後說：「我騙了妳。」

尚美忽然淺淺一笑：「我來猜猜看吧。」

「咦？」宮原霎時驚住了。

「西村美枝子和你沒有任何關係。她真正的外遇對象是大山將弘。是這樣吧？」

宮原眼神飄移，又眨了眨眼睛：「妳早就知道了？」

「當然知道。不要小看飯店人的眼力。」

「妳是怎麼知道的？」

尚美聳聳肩。

「很簡單啊。她的房間是吸菸房，有菸灰缸，但菸灰缸裡只有一種菸蒂。你挑的是禁菸房，所以抽的不是你。」

「妳不認為是她抽的嗎？」

尚美輕輕搖頭。

「不認為。你沒看到香檳杯嗎？杯緣有口紅痕跡。可是菸蒂的濾嘴是白的。這不是很奇怪嗎？」

宮原嘴巴微張，瞠目結舌。尚美看著他的表情，微微一笑。

「菸不是她抽的。那麼是誰呢？需要你出面頂替的，只有一個人吧。」

宮原皺起了臉，勉強點了個頭。

「原來如此。飯店人的眼力確實犀利。」

「那些你說的事發經過，其實都是大山先生的事吧。」

「是啦，是這樣沒錯。」

宮原嘆了一口氣，搓搓臉頰，然後緩緩道來。

他說，西村美枝子的本名是橫田園子，大山將弘和她的不倫戀持續了三年。園子是北新地的酒店小姐，這是真的。大山以一週一次的頻率去園子家。

可是最近，大山的太太開始起疑。因此經常必須幫他做不在場證明。當然這是宮原的工作之一。

「所以我必須想很多理由，例如和朋友去吃飯，或是跟以前的球團關係人見面。」

「你還真辛苦啊。」尚美打從心底同情他。

「雖然很辛苦，不過兩、三個小時還能應付過去。最頭痛的是，大將在她家過夜時。這種時候就只能想那種很勉強的藉口，例如我和大將兩人去洗三溫暖，兩個人都睡著了直到天亮。」

「向大山先生拜託，請他不要過夜不就得了。」

「我當然跟他拜託過。他說好，但還是幾次就會過夜一次。好像是園子叫他不要回去。大將無法拒絕她。」

「可是，萬一被太太逮到外遇，不就什麼都沒了。」

「這一點大將自己也很明白，不過也有無可奈何的時候。我也跟妳說過園子有過幾次自殺未遂的紀錄吧？大將很擔心他回家後，她會不會又自殺了，所以也不敢強硬地說要回去。」

「真是麻煩。」

「沒錯。但這次更麻煩。大將無論如何都要帶她去西班牙。」

「咦？」尚美驚得身子往後仰。「原來是這樣啊？她也一起去？」

「就是啊。所以大將拜託我想個好辦法。我想到的策略是，全部各自行動，到了當地再會合。」

「既然你都能想到這個了，昨夜的住宿飯店也分開不就好了。」

「我也有想到這個，可是大將認為難得來到太太不知道的地方，什麼都沒做就太可惜了。結果妳也知道，發展出意想不到的事。」

宮原說，大山昨晚十一點左右打電話給他，叫他立刻去1105號房。他知道這是横田園子的房間。

宮原去了之後，只見大山一人在那裡，沒有園子的身影。他有種不祥的預感，問大山怎麼了？

大山的說明，幾乎和宮原對尚美說的內容一樣。大山在洗澡時，浴室門突然打開，園子把話說完就走了。

「大將很難出去找她，我也不想讓他做這種事。萬一被人看到就慘了。所以我跟大將說，我會想辦法，請他先回自己的房間。可是我絞盡腦汁都想不出好辦法。於是我抱著最壞的打算，盡可能想想辦法。」

「最壞的打算是什麼？」

「當然是她企圖自殺。她住過的房間，就一定會被調查。警方會想找出和她在一起的男人吧。到時候我再出面就太遲了，因此我必須有個證人。」

「所以才把我叫來？」

「給妳帶來麻煩，我真的於心不安。可是為了保護大將，實在逼不得已。」

尚美皺起眉頭，盯著宮原看。

「你不惜做到這種地步也要保護大山先生？為什麼？因為他讓你有飯吃？」

此話一出，尚美心想他可能會生氣，但宮原的表情沒變。

「當然這也是原因之一。他是我很貴重的收入來源。但不只如此。他給了很多人夢想。妳知道他的全壘打，帶給多少人勇氣、鼓勵了多少人？雖然他退休了，現在仍然是很多人的英雄。大家都很支持他。我不能毀掉這些人的夢想。」

如此斷言的宮原，臉上絲毫沒有自我貶低的表情，反而有驕傲之色。

尚美心想，啊，原來如此。這種生存方式或許適合這個人。他是個即使犧牲自己也要讓別人幸福的人，認為這樣自己也會幸福。

妳要連我的份也仔細看喔——當時電影院中的低語在耳邊再次響起。

「你沒想過叫大山先生別再搞外遇嗎？」

「我是希望他別再搞外遇。可是我跟他說也沒有用。他那個人，不會因為別人的忠告就改變生活方式。所以才能在棒球界留下這麼好的成績。只能等待他自己醒悟，外遇對自己的人生沒有任何好處。」

「在那天到來之前，你會持續包庇他吧。」

「這是我的工作。」宮原說這話時，臉上略顯慍色。「剛才我跟妳說的事，請妳幫我保密。」

尚美苦笑：「我怎麼會說呢。」

「謝謝妳，真的要拜託妳。話說回來——」宮原再度凝視尚美，「妳發現我是出面頂替的，為什麼不說呢？」

該不該回答這個問題，尚美有些迷惘。她可以敷衍了事帶過去。但對方畢竟是自己往昔的戀人。為了讓他瞭解現在的自己，尚美說出了那句話。

「因為飯店人，不可以拆掉客人的面具。」

「面具？」

「縱使那個面具很粗糙，看起來像素顏也不能拆穿。」

宮原以困惑的眼神看著尚美，但不久即微微一笑。

「原來如此。妳似乎以現在的工作為榮啊。」

「對啊，當然。」

宮原點點頭，看看手錶。

「我差不多該走了。大將可能開始心浮氣躁了。」

尚美目送他到正門玄關前。

「那麼，祝您一路順風。」她打直背脊說完後，恭謹地行了一禮。「非常期待您的再度光臨。」

宮原莞爾一笑，點點頭走了出去。

尚美目送他離去後，鬆了一口氣，確認時間。現在是早上快七點了。趕快回家的話，還可以睡三小時。

當她轉身要去事務大樓時，看到橫田園子在櫃檯辦理退房手續。尚美停下腳步窺看她的情況。

橫田園子辦完手續後，一臉假正經地步向正門玄關。可能想搭機場巴士或計程車前往成田機場吧。

尚美快步走向她並出聲說：「小姐。」

橫田園子停下腳步，詫異地看向尚美。

尚美從外套口袋取出用面紙包著的東西，在她面前打開。

「這是掉在走廊的東西，會不會是您的？」

看到面紙裡包著的那只耳環，橫田園子「啊」了一聲，表情轉趨柔和。

「對，這是我的喔。我有發現耳環不見了，但是找不到。」她用指尖捏起耳環，然後問：「掉在走廊？」

「掉在門的前面。」

「哦……你們居然找得到啊。」

「但是，」尚美說：「不是掉在 1105 號房，而是 2450 號房……總統套房的門前。」

橫田園子的臉看起來血氣上升，但也只是一瞬間，接下來雙頰開始潮紅，猶如瞪視般看著尚美，但不是因為羞恥，而是來自憤怒。

「妳好像知道什麼吧。」她語氣刻薄地說。

「別擔心，我沒跟宮原先生說。」

「宮原……」橫田園子詫異地看著尚美。「妳和他是什麼關係？」

「有點交情的朋友。受到他的拜託，我拚命在找妳。」

「結果……妳找到了對吧。」

尚美受到她如刺般的視線攻擊，微微一笑地說：「第二瓶香檳王是我送去的。」

橫田園子驚愕地睜大眼睛：「不會吧……」

「是真的。我還記得那時妳就站在窗邊眺望夜景。當時 PRADA 包包則放在客廳的單人沙發上。」

這一切都是事實。那時尚美拜託服務生讓她送香檳王去房間。在單據上簽名的是鴨田先生，絲毫不疑有他。這也難怪，因為尚美穿著飯店制服。

「妳怎麼知道我在那個房間裡？」

「很簡單。1105 號房裡有個法式冷盤的盤子，盤裡只剩酸奶油。原本盤裡放的可能是餅乾塗上酸奶油，還有魚子醬——這是搭配香檳最佳的法式冷盤。可是唯獨酸奶油被剔除了。我心想這個人還真怪。過了不久，2450 號房也點了同樣的東西，而且這次還指示不要加酸奶油。所以我理所當然會懷疑是同一個人吧。更何況，沒人看到妳走出飯店。換句話說，妳應該還在飯店的某處。」

橫田園子「呼」地吐了一口氣，視線落在自己的手錶上。

「妳能陪我談五分鐘嗎？我有事想跟妳說。」

「好的。」

兩人站在剛才尚美與宮原談話的地方。

「妳結婚了嗎？」

橫田園子問。尚美回答：「沒有。」

「這樣啊，我也是。不過我有想結婚的對象。但那個人不是大山先生，因為他有太太呀。」

「鴨田先生——那位住總統套房的先生嗎？」

「是的。」她點頭說：「雖然他長得不怎麼樣，也沒什麼魅力，不過他在網路相關事業做得很成功，年收以億為單位。對女人來說是個晚熟的男人，可是對我百依百順，是很理想的結婚對象吧？」

尚美報以輕笑。「每個人的理想不盡相同。」

橫田園子霎時面露慍色，但隨即變回假正經的踐樣。

「他最近開始懷疑我是不是有別的男人。這次我說要一個人去西班牙旅行，他好像也不相信，所以就從大阪循線專程追了過來。」

「追過來……所以他才緊急訂了當天的房間？」

「就是這樣。聽說那個房間一晚要十八萬。我整個傻住了，完全抓到我的弱點。」

不愧是酒店小姐，洞悉事物背後玄機的能力很強。

「他從那個房間叫妳過去？」尚美問。

「對，那時大山先生剛好在洗澡。他打我的手機給我，說現在也在同一家飯店裡，我聽了心臟都快停了。他叫我去他的房間，我當下找不到什麼藉口說不去。」

「所以妳就假裝發神經離開房間？」

「那是窮極之策。不過我覺得意外是個好辦法。也許妳從宮原先生那裡聽說了，我以前鬧過幾次自殺。我期待他們認為我是不是又鬧自殺了。」

看著她若無其事談自己的自殺未遂，尚美忽然想到一件事。

「該不會妳過去鬧自殺也是……」

「當然是演戲呀。為了掌握大山將弘這種人物的心，我必須用各種手段把他耍得團團轉。」她直接痛快地說完後，皺起臉又說：「可是我太粗心了。因為鴨田先生叫客房服務點了香檳王，我得意忘形又點了法式冷盤，還要求他們別放酸奶油。沒想到會因為這個被拆穿。」

「妳討厭酸奶油？」

「也不是。只是覺得配酸奶油太浪費魚子醬，單純品嚐魚子醬的滋味應該會更好。所以把酸奶油拿掉了。妳去跟料理長說，買到優質魚子醬的時候，不要做多餘的事。」

「有機會我會轉告他。」尚美說完又盯著她看：「我可以請教妳一件事嗎？」

「什麼事？」

「既然有理想對象，不要踏入外遇的危險關係比較好吧？不好意思，我僭越了。」

橫田園子從鼻孔「哼」了一聲。

「凡事都有順序吧。要和他結婚時，我當然會和大山先生分手。不過，事情並沒有這麼簡單。現在一切都還不確定。」

「所以妳才要一起去西班牙旅行？」

「這是大山先生硬要我去的喔。不過我也想說是個好機會。我打算在這趟旅行的最後，和大山先生分手。是真的。」橫田園子往尚美那邊探出身去。「所以我才把一切跟妳說，請妳一定要幫我。」

「幫什麼？」

「鴨田先生現在應該在房裡熟睡。他喝了好幾杯香檳，我在其中一杯偷放了安眠藥。等他醒來會看到我留的字條。字條上寫著：『因為你睡得很甜，我不忍心叫醒你就出門了，請期待我從西班牙帶回來的禮物。』不過他是個疑心病很重的人，大概不會輕易相信吧，可能會問飯店人員，我是不是真的一個人離開。到時候請妳不要拆穿我。」

「妳的意思是，如果鴨田先生向我問起妳的事，叫我不要說實話？」

「對啊，簡單說是這樣。要是妳肯為我保密，我會給妳鴨田先生給妳的錢的兩倍。要是我能順利結婚的話。」

尚美感到自己雙頰僵硬，心中的不快翻滾而上，一股衝動想回嗆她。

但她還是努力忍住，嘴角拚命擠出笑容。

「這您不用擔心。我們再怎麼想賺錢，也絕對不會把客人隱藏在面具下的真實面貌告訴別人。這張素顏是美麗的也就罷了，如果是醜陋的更不能說。」

聽到這番話的瞬間，橫田園子的臉頓時失去表情。這不是面具，是她內心激烈的憎惡溢滿而出。

但幾秒後，她的面具又變回冷冷的笑容。

「哦，這樣就好。」橫田園子環視大廳。「這間飯店挺不錯的嘛。雖然我可能不會再來了。」

「能滿足您的需求是我們的榮幸。」尚美行了一禮：「小心慢走，祝您一路順風。」

她沒聽到對方的回答。尚美抬頭時，橫田園子已在正門玄關坐進計程車。

這時她腦海裡浮現宮原隆司的臉。一想到在西班牙旅行期間，他不知道還要經過多少折磨，想到便深感同情。

加油喔，請好好守護大將——

話說回來，宮原兩年前結婚的這件事是真的嗎？沒有確認這件事，讓尚美感到些許後悔。

菜鳥登場

1

醒來時，聽到熟悉的來電鈴聲，正確說來應該是聽到這個鈴聲才醒的吧。新田坐起來環顧周遭。現在睡的不是平常的床，是一張更大的雙人床。對，這不是自己的房間，他昨晚住在都內的飯店，現在全身只穿著一條四角褲。

朝陽從窗簾的縫隙射進來。多虧這道光讓他找到了正在床頭櫃上響著的手機。看了來電顯示，是本宮前輩打來的。眼前浮現一張不輸流氓的強悍面孔。

「喂，我是新田。早安。」新田看著床頭櫃上的時鐘說。這時是早上八點多。

「嗨，色男，現在才醒啊？」手機傳來本宮沙啞的聲音。

「我早就起床了啦。倒是色男是什麼意思？」

「就是色男的意思呀。昨天是白色情人節，反正你跟小姐去了飯店吧。看得見海的都市飯店之類的。」

「你在說什麼啊？怎麼可能嘛。」新田將手機貼在耳朵，下床走向窗戶。瞥了一眼掛在沙發靠背上的黑絲襪，打開窗簾，東京灣就在眼前。「我昨天在自己的房間讀晉級考試的書，讀到很晚。」

「嗯哼，比起女色更想升官啊？美國回來的菁英果然不同。」

「不談這個了，有什麼事嗎？一大早就打電話來。該不會是發生了案件？」

「你猜對了。署裡因為流行性感冒倒了好幾個人，所以把案子轉到我們這裡來。現在立刻來上班。」

「現場在哪裡？」

「不知道。來公司就知道了吧。」

包括本宮在內，很多刑警都稱自己的職場為公司。因為在外面講話時，不想讓周遭的人發現他們是刑警。但新田無法理解。這麼在意的話，別在外面說警察的事不就好了。現在的社會明明就到處都有可密談的場所。

「我立刻趕去。」新田說完掛斷電話就走向浴室，門後傳來吹風機的聲音。

他敲敲門。沒有回應。接著用力連敲幾次。吹風機的聲音終於停了。

「幹麼？」女人以毫不緊張的聲音回答。

「我接到呼叫。現在得立刻趕去。」

「咦？」女人語帶不滿：「你不是說今天可以好好放鬆嗎？」

「我也說過可能會接到呼叫吧。總之妳能不能快點？我得沖個澡，還得刷牙。」

「等一下，我還沒化妝。」

「晚點再化就好了啦。我得去出勤，妳可以慢慢來沒關係。我會先把帳結了。」

「不行！」

「為什麼？」

「我不想讓浩介看到我的素顏。」

「妳在說什麼呀。我看過好幾次了吧。」

「不一樣。」

「哪裡不一樣？」

「以前那不是真正的素顏，只是看起來像素顏而已。可是現在這是真正的素顏。所以絕對不行。」

聽了她這番話，新田有點頭痛。這是什麼跟什麼呀。素顏還分真的和假的？

「好吧，那妳就弄成看起來是素顏，但其實不是素顏。這樣會比較快嗎？」

「不，沒有這回事。這樣反而更花時間！」

新田皺起眉頭。究竟為什麼要做這種奇怪的事？每次交女朋友都很頭痛，女人難以理解的行為太多了。

「還要多久？」

「呃，三十分鐘吧。」女人以悠哉的口氣回答。

「這麼久？妳就不能快一點嗎？」新田的聲音不由得尖銳起來。

「因為人家沒想到你會這麼早起嘛。」

新田焦躁了起來，而且尿意也急迫了起來。現在不是做這種事的時候。

於是他立即打開衣櫃，拿出西裝、西裝褲和白襯衫，接著取出領帶。襪子掉在床的旁邊。

他急忙穿上衣服、繫上領帶、穿好鞋子後再敲浴室的門，「喂，現在情況如何？妝化好了嗎？」

「啊？還沒好啦。我剛才在尿尿。」

這個回答讓新田渾身無力。他心想，這樣不行。

「那我要走了。接下來就交給妳了。」

「啊！你要走了？等一下啦。難得的約會怎麼可以這樣！」

「不行。我可是好不容易被派到搜查一課。我不想讓他們認為這次新來的是個沒用的傢伙。那我走了，再聯絡。」

聽著她不滿的叫喚與牢騷，新田打開房門走到走廊。這個女人是聯誼認識的，交往快三個月，不過波長不太合。新田心想，照這樣看來可能無法持久。

2

命案發生在白色情人節的夜晚。

首先是深夜兩點五分，住在中央區高層公寓的田所美千代打電話給警方，說她丈夫外出慢跑沒有回來。她開車循著慢跑路線找過了，可是找不到丈夫。

附近的派出所出動警車，以慢跑路線為中心展開搜索。不久，在江東區永代二丁目的步道上發現血跡，繼而往周邊展開調查，立刻在旁邊用圍欄圍起來的工地現場中，發現一名男子倒臥在地。這名男子穿著運動服和防風外套，背部與腹部遭刺。雖然立刻送去醫院，但不久便宣告死亡。這名男子是田所美千代的丈夫，昇一。

不僅管轄的警署，附近的警署也緊急出動，對現場周邊實施戒備，但沒有發現疑似兇嫌的人物。早上六點解除戒備，在管轄的警署開設特搜總部。

第一次偵查會議結束後約一小時，新田的前面放著一杯伯爵紅茶。雖然新田說了請別客氣，但對方可能覺得沒有給杯茶過意不去吧。

「所以很多人知道妳老公有慢跑習慣？」本宮以客氣的口吻確認。新田在一旁聽了有點佩服，原來這個人也能這樣客客氣氣地說話。

「是的，他沒有特意隱瞞，反倒很驕傲地跟很多人說。他很驕傲自己能持續跑了一年以上……」田所美千代以沉著的語氣回答。雖然稍稍低著頭，但可以看出她坐在沙發上的坐姿是挺直背脊。年齡三十七歲，但看起來更年輕。今天給人的印象稍顯樸素，但靠化妝的方式也有可能變得很華麗。

「關於他慢跑的路線呢？他是不是也跟大家詳細說過？」

「這我就不知道了。」田所美千代偏著頭說：「不過就算有說，應該也沒說得很仔細。因為連我都只能掌握大概的情況。而且他好像也會根據當天的天氣和自己身體狀況調整路線。」

「時間呢？昨夜是晚上十一點左右出門的，這是固定時間嗎？」

「這個嘛，是的，大多在這個時間外出慢跑。」

「那，回來的時間呢？」

「十二點以前。他常跟我說，他大概四十分鐘跑七公里。」

新田在腦海裡計算，這種速度以慢跑者來說不算什麼。但以四十八歲的年齡來看，應該差不多吧。

新田掃視周遭。眼前是一張乍看稀鬆平常的玻璃桌，但基座用的是白色大理石。還有一套黑皮沙發，可能是義大利知名品牌NICOLETTI。新田老家改裝時，他在目錄上看過。當時父親說這個選擇太理所當然而避開了，但新田覺得還不錯。

果然這次的被害人是個相當成功的人士。新田在仰望這棟高級摩天公寓時就有這種感覺。接著來到兩人住過於寬敞的客廳，看著室內的擺設，新田更加確定這種想法。

會不會是生意上的問題——新田開始思索。遇害的田所昇一是經營很多餐飲店的企業家。很多成功人士都是踩著別人上來的，被踩的人不會一直默不吭聲。知道他夜裡會出來慢跑，說不定會拿刀埋伏準備刺殺他。

「關於慢跑的事，最近妳老公有沒有說什麼？」本宮繼續問：「譬如看到什麼奇怪的人，或是有人在跟蹤他。」

田所美千代一臉沉思後搖搖頭：「我沒聽說。」

「那麼，有沒有接到奇怪的電話？或是簡訊？」

「他沒提過這種事。」

「公司那邊呢？妳老公也好像進軍各種外食產業，妳有沒有聽說他在人際關係上有什麼糾紛？」

「不知道，我完全不過問我先生的工作。」

「這樣啊。」本宮用指尖搔搔細細的眉毛。眉毛上有個五公分左右的傷疤。

田所美千代擤了擤鼻子，然後用緊握在膝上的手帕按著眼角。白皙纖細的無名指戴著海瑞溫斯頓（Harry Winston）的鑽戒，散發出璀璨光芒。

新田看向牆壁。可能是義大利製的餐具櫃上擺著透明的盒子，裡面放著六個黑色紅酒杯。

「這是法國巴卡拉（Baccarat）的黑水晶高腳酒杯吧？」

「啊？」田所美千代以充血的眼睛看向新田。

「我說的是餐具櫃上的紅酒杯。六個一組，但完成品只有一個，其餘五個是有缺陷的不良品。故意將這種東西組成一組，有它哲學上的意義。這是相當稀少珍貴的東西，是你們購買的嗎？」

田所美千代「呼」地吐了一口氣。

「您知道得真清楚。這是我先生送我的禮物。結婚一週年的時候。」

「這樣啊。妳很喜歡巴卡拉？」

「不只是巴卡拉，因為工作關係，我對餐具很有興趣。」

「妳說的工作是？」

「我有一個烹飪教室。雖說是教室，但每次上課的學生只有幾位。我和我先生，就是烹飪教室的學生介紹認識的。」

「原來是這樣啊。恕我冒昧，妳是什麼時候結婚的？」

「三年前的秋天。」

一旁的本宮驚愕地抬起頭：「才結婚三年而已啊。」

「是的。」田所美千代點點頭：「才三年而已。」

連新田都看得出她硬要擠出微笑，不覺胸口發熱。

「我們一定會逮捕兇手。」新田凝視她的雙眼。

之後，本宮又問了幾個問題，但被害人妻子的回答，對辦案並沒有什麼幫助。於是本宮請她想起什麼就和警方聯絡，兩人便告辭了。

走出房間後，本宮在走廊上邊走邊說：「真是個好女人。老公碰到那種事，她一定很想大哭大叫，可是卻不露出軟弱的一面。不僅人長得美，心也很堅強。」

「同感。」新田想起田所美千代泛淚的眼眸。

回到特搜總部後，向稻垣組長報告。稻垣只回了一句「辛苦了。」

「其他人的報告呢？」新田問。

「其他？」稻垣抬頭，目光銳利地盯著新田：「什麼其他？」

「偵查狀況。有沒有找到可以當線索的事物？」

稻垣別過臉去，目光落在手邊的資料上：「你不用操心這個。」

新田正想說「可是」時，耳朵被揪了起來。是本宮。本宮直接把他拉走。

「很痛耶，你這是幹麼？」

離稻垣有段距離後，本宮終於放開他。

「你在想什麼呀你。」本宮啐了一聲：「新來的要低調點！」

「可是情報有必要分享吧。」

「這我知道啦。所以才有偵查會議呀。要不然一個個跟刑警說明，組長有幾個身體都不用夠吧。」

「可是他現在看起來不是很忙。」

「你煩不煩啊你！有空在這裡囉唆，快去把報告寫一寫！」本宮用手指戳戳新田的胸部就轉身走出房間。

新田返回放著自己東西的座位，拿出筆記型電腦上網查了一下，立刻找到烹飪教室的網址，首頁有個「緊急聲明」：

「因為私人因素，本週的烹飪教室停課一次。今後的課程安排會再和各位聯絡。真的很抱歉。」

烹飪教室的地點在京橋。網頁上還刊載了學生們滿臉笑容在切菜的照片。一張名為試吃會的照片裡面也看得到田所美千代。

往「學生的心聲」的項目點下去，出現了幾篇文章。

「我原本很不會做菜，現在進步到超乎想像地拿手，自己都很驚訝。老師是個精神奕奕很開朗的人，教室的氣氛也很好，讓人很安心。我想繼續學下去。」

「美千代老師的教法很仔細，堪稱無微不至，對我幫助很大。做菜空檔時的談話也很有趣，讓人覺得很放鬆。今後也請老師多多指教。」

「我是四十多歲的男性。因為是小班制，老師片刻不離在身邊教導，即使完全沒做菜經驗的我，現在也能做得有模有樣。非常感謝老師的教導。」

其他還有一些。雖然網頁不可能登出對烹飪教室不滿的文章，但也能看出學生們確實很景仰田所美千代。

特搜總部設立後，很多刑警都住在這裡，但新田回到麻布十番的自宅。首先查看私人電郵，來了幾封信。但都不是重要或緊急的信，其中一封是母親寫來的，說她下個月要回國，命令新田先敲定能一起吃飯的時間。

新田嘆息著心想，母親還是老樣子。案子偵辦的情況不明，哪能預先敲定什麼時間。接下來這段時間，搞不好連假都不能請呢。

新田的父母與妹妹，現居西雅圖。父親是日系企業的顧問律師。新田沒有住過現在的家，但因父親工作的關係，他十多歲時曾在洛杉磯住過兩年多。本宮奚落他是從美國回來的，就是因為這件事。

從高中起，他念的是日本學校。大學進入法學院是因為對警察工作有興趣，父親得知此事時整個傻眼，急忙從美國打國際電話來：

「處理刑事案件是最不划算的工作喔。刑法本身和漢摩拉比法典沒有太大差別。偷竊要進監獄，殺人則是死罪──是單純且野蠻的世界。更何況要當律師就算了，居然是當警察……你不重新考慮一下嗎？」

「不要。」新田答得直接了當。他以前就喜歡推理小說，夢想能和智慧型罪犯對決。律師無法和犯人對戰。

新田回信給母親：「目前在偵辦一個很難的案子。下個月的情況未定。」

脫掉西裝換上運動服，揹上放有手機的小型背包離開房間，新田搭計程車來到田所夫妻的公寓旁，從這裡慢慢開始跑。時間是晚上十一點多。跑的是田所昇一之前的慢跑路線。

雖說時序已過三月半，空氣中依然殘留冬天的冷冽。跑的時候身體暖了起來，但耳朵很痛、雙手冰冷。他後悔忘了帶帽子與手套。

不久後來到命案現場附近。旁邊就是隅田川流過的住宅區。有一條緩緩彎曲的單行道通過，從這裡往北走應該會到永代橋邊。

看見出事的工地現場。以工地用的圍欄區隔開來。新田放慢速度，不久改成徒步。他慢慢地邊走邊環顧四周。

這裡清理過了，已經找不到血跡。新田停下腳步，回頭看著來時路，在腦海裡想像兇手的行動。

沒有東西被偷，應該不是臨時起意的犯行。可能是知道田所昇一有慢跑習慣的人埋伏於此，這麼想比較妥當吧。被害人最初是腹部遭刺，然後背部被刺的可能性很高，所以兇手應該是躲起來，算準時間衝到被害人前面。

究竟躲在哪裡呢？最有可能的地方，果然是工地圍欄的內側。弄開一個能迅速通過的空隙，等目標靠近即可。實際上也在圍欄內側的地面，發現了五個菸蒂，全部是同牌的香菸。很有可能是等待被害人到來的兇手抽的。本宮也問過田所美千代，知不知道有誰抽這個牌子的菸？她說不知道。據她所言，她的周遭幾乎沒有吸菸者。老菸槍的本宮聽到這個似乎很不舒服。

新田走近圍欄，企圖挪動其中一塊，卻意外地沉重，單手不易扳開。於是他蹲起馬步，想用雙手抱起來。就在此時。

「喂，你在那裡做什麼？」忽然傳來男人的聲音。

新田回頭一看，一名制服員警跑了過來。

「啊，沒有，我什麼都沒做。」新田搖搖手。

「不可能吧。你剛才到底在做什麼？」員警表情很兇。

「就說我什麼都沒做了。我不是可疑人物。」

新田打算離去，員警卻抓住他的手：「給我站住！」

「哇！幹麼？」

「跟我一起來。我要確認你的身分。」

「啥？」

這時傳來趴噠趴噠的腳步聲，另一名員警出現了：「喂，怎麼啦？」

「發現可疑人物！」抓住新田雙手的員警怒吼：「我要把他帶回局裡，過來幫忙。」

「咦？為什麼會變這樣啊！」新田大叫。

3

「哎，這沒什麼好同情的吧。」本宮嚼著口香糖說：「前天晚上才發生命案的現場，看到一個裝束奇怪的人在做奇怪的事，巡邏員警當然會認為是可疑人物。」

「可是我說了好幾次我是刑警喔！」

「這麼輕易就照單全收的話，警備就沒有意義了吧。誤會解開了，他們有向你道歉不就好了。倒是你偷跑去現場檢證的成果如何？有沒有靈光一閃想到什麼？」

「靈光一閃倒是沒有，不過察覺到一件事。」

「哦？什麼事？」

「兇手埋伏在陰暗處，等被害人跑來，突然從正面刺殺他——照目前的狀況看來，可以這麼推論吧。可是用這個方法，很有可能會被別人看到。因為躲在那裡，要是有人從被害人反方向的地方過來，兇手也不知道。現場很暗，再加上道路彎曲，沒辦法看得很遠。最好的證明就是，巡邏員警接近我時，我也沒察覺。如果是計畫性的犯案，會用這麼有風險的手法嗎？」

本宮皺起眉頭凝視新田的臉。

「怎麼了嗎？」

「沒什麼，我只是覺得你講的很有道理。所以，你是怎麼想的？」

新田聳聳肩：「我也不知道。」

「搞什麼，原來你也不知道呀。」

「所以我剛才說不是靈光一閃啊。」

本宮哼了一聲說：

「在現場附近有發現菸蒂吧。剛才稍微問了一下，工地關係者說沒人知道是誰抽的。那果然是兇手抽的吧。現在也在進行DNA分析了。你剛才用『風險』這麼合情合理的詞，可是這種兇手不會想這麼多。沒有目擊者，只是兇手運氣好。」

「真是這樣嗎？」新田難以釋懷，但沒再多說什麼。

兩人就這樣搭乘地鐵前往遇害的田所昇一的辦公室，途中談著昨晚的事。

辦公室在面向六本木通的大廈裡。接待新田與本宮的人姓岩倉，他是田所昇一的部下，也是最資深的員工。

「只能說太令人驚嚇了。我們從昨天就震驚到無法工作。各店的負責人都驚慌失措。不知道是誰幹的，真的把我們搞慘了。」岩倉說的時候，黑框眼鏡裡的眼睛東張西望地不停轉著。

「最近，田所先生的周遭，有沒有發生工作上，或是私人糾紛？」

「要說糾紛的話，工作上是有幾起糾紛。不過都是溝通就能解決的事，我不認為和這次的命案有關。」

「有沒有因為工作關係，而遭人怨恨的事？比方說，強行把誰解雇了。」

岩倉打直背脊，激烈地搖手說不可能。

「社長是對工作很嚴謹的人，絕對不會做不合理的事。雇用人的時候，一定會徹底調查，直到判斷能用這個人為止，通常要花很多時間。相對地，一旦雇用就很少叫人辭職。正因如此，各店的店長都感受到社長的義氣，很努力為公司打拚。」

「可是也有人會因為這種高度的期待感到壓力吧？因此變得神經質之類的。」

岩倉搖搖頭，彷彿在說你不懂啊。

「社長不會逼迫下屬。不僅如此，他還很為員工的精神面設想。例如他會跟部下說，家庭比工作更重要，還命令我們，無論再忙都要確保和家人共度的時間。」

「是美式作風啊。」新田說。

岩倉點頭。

「日前也發生過這種事。有個部下去年生了女兒，社長看到他在加班把他罵了一頓。你知道為什麼嗎？」

新田不知道，默默地搖頭。

「因為那一天是三月三號，也就是他女兒的第一個女兒節。社長知道這件事，質問他為什麼這麼重要的日子不早點回家。還說不重視家人的人，也不會重視客人，所以做不出好工作。」

「原來如此。這番話不能讓我老婆聽到。」本宮說得感觸良深。

他們也問了岩倉以外的員工，大家說的都一樣。雖然不至於把田所昇一說成聖人君子，但非常有人望，受到部下的愛戴。被社長提醒要重視家人的人，不止一兩個。

「好像不是工作上的過節啊。」走出辦公室後，本宮以疲憊的語氣說：「部下對他的評價不錯，似乎也沒有遭客戶怨恨，再加上那方面好像也很乾淨，實在看不出有什麼問題。」

「那方面」指的是女性關係。剛才也婉轉問了員工，田所昇一有沒有可能有情婦，所有員工都斬釘截鐵地否定。還說那麼重視家庭的社長不可能做這種事。

「可是，任誰都有背後的另一張臉。所以我們現在才要去酒店吧。」

「是沒錯啦，不過我覺得大概會落空。」

兩人現在要去的地方是田所昇一用來接待應酬的酒店。從辦公室用走的就能到的距離。他們抱著些許期待，或許在這裡可以找到和田所昇一關係密切的酒店小姐。

但坦白說，新田的看法也和本宮一樣。這次的被害人，可能沒有情婦。這不是人性的問題，而是實際就事論事。據岩倉所言，田所昇一是個相當忙碌的人，應該沒時間搞外遇。

六本木通的步道依然人潮擁擠，而且外國人很多。新田他們的前面，就有個黑人男子在向年輕女孩搭訕。

新田停下腳步，忽然想起一件事。

本宮發現他駐足，回頭問他：「怎麼了？幹麼不走了？」

「要不要去喝杯咖啡？」

「啥？」

「我有事想跟你商量。要不要聽聽菜鳥刑警的話？」

「你這傢伙，」本宮瞪著新田：「跟案子有關嗎？」

「當然有關。」

硬漢刑警前輩以評價的眼神打量新田後回答：「那就聽你說吧。」

兩人走進一家自助式咖啡店，挑了靠牆的位子。旁邊兩個年輕上班族，看到本宮的臉就立刻起身離席。

「剛才我說兇手埋伏在現場，看到被害人跑來就襲擊他，這有點不自然吧。」

「對啊，你又想到了什麼嗎？」

「嗯。」新田放低音量繼續說：「會不會是兇手叫住被害人？」

「叫住？」

「想要刺殺正在跑步的被害人，機會只有擦身而過的一瞬間。」新田豎起雙手的食指，將右邊的手指戳向左邊。「可是這麼一來，萬一那時剛好有人來，恐怕會被目擊到犯行。但是，如果出聲叫住被害人，就有可能在確認沒有人的情況下刺殺他。萬一有人來了，他只要中止犯行就好了。」

本宮啜了一口咖啡，一邊輕輕點頭，一邊將雙手交抱於胸前：「有可能。」

「問題是叫住他的方式。如果是本宮先生會怎麼做？要怎麼叫一個在慢跑的人，他才會停下腳步？」

「怎麼叫？」本宮皺起眉頭。「這沒有怎麼叫的問題吧。通常直接出聲叫他，他就會停下腳步吧？」

「真的嗎？比方說，有人從陰暗處忽然叫你的名字，你或許會嚇一跳而停下腳步，但也會有所警戒。」

「這個嘛……說得也是。那麼兇手是站在路邊嗎？」

「我想應該不是。」

「怎麼說？」

「慢跑的人通常看著前方，要是看到路邊有人站著，通常會閃開吧。」

「從現場的照片看來，那條步道很窄喔。」

「正因如此。步道確實很窄，但那個時間幾乎沒什麼車子。如果有人站在狹窄的步道上，跑者會改跑車道吧。那條路是單行道，不必擔心後方來車。想要叫住跑在車道上的人，必須發出很大的聲音。如果站在路邊的人大聲叫喚，跑者還是會警戒吧。」

本宮焦躁地搔搔頭，從口袋掏出銀紙，將嚼完的口香糖吐在銀紙裡。

「我沒慢跑過，無法想像。你到底想說什麼？別在那邊裝模作樣，快說答案啦！」

新田嘴角上揚，微微一笑。

「我覺得只有這種可能，就是兇手從被害人的背後叫他。」

「從背後叫？」

「譬如說，不好意思打擾一下；或是你有什麼東西掉了喔。被叫的人或許不會立即察覺到，但反覆說幾次，對方終於知道是在叫自己，應該會停下腳步。」

「還反覆叫幾次咧，被害人可是在跑步喔。」

「沒錯，所以兇手也跟著跑。據田所太太所言，被害人七公里跑四十分鐘。時速大約十公里。雖然不是很快的速度，但持續跑也不容易。況且背後有腳步聲接近的話，被害人也會有所警戒。」

「這麼說的話……」

「我剛才也說過，那是一條單行道。不能用車子或機車。」

本宮的眼睛閃出銳利光芒：「騎腳踏車？」

新田用力點點頭。

「兇手躲在還沒到現場的某個地方。坐在腳踏車上等，確認被害人經過後，騎腳踏車追上去，從背後呼叫被害人。可能算好要在那個工地現場附近讓被害人停下腳步。被害人停下腳步，他就趨向前去，確認沒有目擊者便刺殺被害人——你覺得這樣如何？」

本宮握拳抵在嘴邊陷入沉思，不久以食指指著新田說：

「如果是這樣，那掉在現場的菸蒂要怎麼解釋？」

新田搖搖頭。

「那是兇手的障眼法吧。讓警方以為他躲在那裡，企圖阻撓辦案。」

本宮噘起下唇，搔搔下巴。

「有道理，這說得通。不過，接下來要怎麼找出兇手？現場附近沒有監視錄影器。光靠騎腳踏車這點，也無法進行訪查喔。」

「不，我有相當不錯的線索。首先，我認為兇手是住在離現場不遠的人，畢竟他是騎腳踏車。」

「我認識的朋友裡，有個從川口騎腳踏車到上野上下班的傢伙喔。」

新田在自己的臉前搖搖手指。

「請想想兇手的心理。犯案後，他應該想趕快躲起來。他應該會擔心萬一屍體很快就被發現，警方會立刻展開緊急調查。長時間騎腳踏車很危險。」

「哼，或許有可能啦。」本宮一臉不是滋味地同意。

「然後，另一個關鍵是那些菸蒂。五支都是同一個牌子，鑑識課也判定都是抽完不久的菸蒂。」

「不過這是障眼法吧？因為不是兇手抽的，不能成為線索喔。」

「真是這樣嗎？那我問你，換做本宮先生要怎麼弄到別人抽的菸蒂？數量五支，全部同一個牌子，而且還要抽完後沒多久的。」

本宮霎時睜大眼睛，猶如被將了一軍。

「找個吸菸處吧……不，這樣要五支也不可能。」

「我也覺得不可能。更何況那是很多人抽菸的地方，菸蒂都混在一起。」

「那就是餐飲店囉？」

「是的。雖然禁菸的店越來越多，但也是還有設置吸菸區的店。」

「從客人的菸灰缸裡蒐集菸蒂？兇手是店員嗎？」

「不，這不可能吧。我認為不至於上班中溜出去犯案。」

「確實如此。但是要從客人的菸灰缸偷菸蒂相當困難喔。就算等客人走了才偷，旁邊也會有人看到吧。」

「一般的店是這樣沒錯。可是也有些店能輕易拿到別人的菸蒂。」

本宮皺起眉頭：「有這種店？」

「有啊。」新田指向地面。「雖然這裡全面禁菸辦不到。」

「這裡？」本宮環顧店內，隨即露出恍然大悟的神情：「自助式的店？」

「答對了。自助式的店，客人要自己把用完的菸灰缸放回指定位置。」

「我懂了。只要去回收處，就可以看到很多放著菸蒂的菸灰缸，要什麼菸蒂任君挑選。」本宮望向遠方，嘖嘖有聲地喝光咖啡，然後眼神銳利地看向新田：

「你蠻厲害的嘛，雖然是個菜鳥。」

「這個推理不錯吧？」

「訪查酒店的事往後延，先回去向組長報告吧。」

「說是本宮先生的點子也無所謂喔。」

新田如此一說，本宮狠狠地瞪他：

「你說什麼？你是看不起我嗎？」

「對不起！」新田連忙道歉。「你不會做這種狡猾的事吧。搶別人功勞之類的。」

「喂，新來的，你知道為什麼是我們兩人一起行動嗎？照理說我和你，都應該和轄區的人搭檔辦案。這麼一來就可以把麻煩事全都推給轄區的人，照自己的步調去辦案。可是他們說照顧新人很麻煩，所以我才跟你搭檔的喔。」

「我明白。真的很抱歉。」新田持續低頭道歉。

「接下這種麻煩事，要是沒有特殊的好處我才不幹呢。搶別人的功勞？這種狡猾的事我當然會做。」

「啊？」新田抬起頭。

本宮鬆開領帶，陰森地笑了笑：「知道就好，趕快回總部吧。」

4

不知道本宮怎麼向稻垣他們說的，但上面決定徹底訪查現場周邊的自助式餐飲店。不過現在有吸菸區的店並不多，而且幾乎每間店內都設有監視錄影器，因此搜查員的主要工作是檢視這些影像。以掉在現場的菸蒂狀態來看，兇手若有進入這種店裡，可能是在晚上九點以後。

結果在東陽町一家漢堡店的監視錄影器畫面裡，發現行動可疑的人物。

影像中的男子年約三十，穿著黑色夾克與牛仔褲，頭戴棒球帽。吸菸區除了這名男子，還有兩位客人。很奇妙的，這名男子並沒有抽菸。晚上十點多，一位客人走了以後，棒球帽男子緩緩站起來，走到菸灰缸放置處，從夾克口袋掏出白色塑膠袋，伸手拿起用過的菸灰缸，迅速將菸蒂倒入塑膠袋，然後一臉若無其事地離去。

這家店在別的地方也有設置監視錄影器，每一台機器都有拍到這名男子。他們從這些畫面中挑選幾張臉部比較清晰的列印出來發給搜查員們。男子臉部的特徵是顴骨突出、下顎很尖。搜查員拿著這張照片，前往各自負責區域。

新田與本宮當然先造訪田所美千代，結果大有斬獲。她看到這張照片後，面露畏怯地說，她認識這名男子。

「他是妳老公的朋友嗎？」本宮問。

田所美千代搖頭。

「不，我先生應該不認識他。這個人也不認識我先生。」

「這麼說，是妳的朋友？」

「是的。」她繼續說：「他是烹飪教室的……學生。」

男子的名字叫橫森仁志，住在江東區的東陽，離那間漢堡店不到兩百公尺。好像沒在工作，大多整天關在家裡。至於腳踏車，負責調查動向的搜查員也證實他有腳踏車。

搜查團隊還獲得另一個有利情報，找到了橫森所偷菸蒂的主人。那是在附近公司上班的上班族，是這家漢堡店的常客。之前有拜託店家，如果這個人再來，請與警方聯絡。剛才有聯絡進來，說他現在在店裡。搜查員火速趕往漢堡店，見到了他本人，他也答應提供 DNA 協助鑑定。

鑑定結果證實，菸蒂確實這名上班族的，也因此證實是橫森去命案現場丟棄菸蒂。到了這個地步，終於要請橫森來署裡一趟了。

不知道本宮是怎麼策劃的，由他負責偵訊橫森，新田也同席擔任記錄。

橫森承認，是他在漢堡店回收別人的菸蒂，並把菸蒂丟在那個現場。但他否認犯案，堅稱自己絕對沒有殺人。

「那你為什麼要把菸蒂扔在那裡？」這個時候，本宮的口氣還算客氣。

橫森一臉嫌惡地說：「只是想惡搞而已啦。」

「惡搞？」

「我常常經過那個工地現場附近，實在是吵得不得了。所以我想抗議一下，只是這樣而已。」

橫森之所以如此沉著，似乎看穿了警方沒有決定性的證物。但本宮表示要搜索住處，他忽然驚慌失措。

「搜索住處？為什麼非得做這種事？我做了什麼嗎？不知道是被誰殺的，沒有任何證據也可以隨便做這種事嗎？」他臉色蒼白，唯獨眼睛周圍有點紅。

「你真是搞不懂狀況啊。你現在已經等同被逮捕了。」

「這話什麼意思？」

「喂，說給他聽。」

本宮這麼一說，新田凝視一臉困惑的橫森。

「你承認是你把菸蒂扔在那裡。這種行為已經觸犯輕犯罪法第一條，得以拘留一天以上、三十天以下；易科罰金一千圓以上、一萬圓以下。」

「怎麼這樣……」

「現在你懂了吧。今晚就好好說給我聽。這裡的拘留室睡起來挺舒服的喔。」本宮開心地說。

不久便對橫森的住處進行搜索，很遺憾沒有找到凶器。若他犯案時帶著手套，手套一定有沾到血，但也找不到手套之類的東西。可是找到監視錄影器拍到的那件黑夾克，此外也收押了六件牛仔褲、七雙襪子與棒球帽。

根據鑑識課調查的結果，黑夾克的袖口有用洗衣粉洗過的痕跡。沒有送去乾洗店，可能是怕店員起疑吧。但假設送去乾洗店，結果也一樣吧。現在的鑑識技術，可以驗出微單位（百萬分之一）的血跡。

夾克的袖口沾有血跡。DNA鑑定結果，是田所昇一的血。

最初保持沉默的橫森，看到證據擺在眼前也死心了，終於承認犯案。本宮進一步問他犯罪動機，他說是為了把田所美千代據為己有。

橫森是從去年秋天開始去烹飪教室。有一天他忽然想自己烘焙麵包，上網查到田所美千代的烹飪教室。然後第一天上課，橫森說這是「命運的邂逅」。

他說在網路上看到照片就有這種感覺，田所美千代是個擁有迷人魅力的女人。不僅外表美，還有一種體貼對方的溫柔，非常細心周到，而且很聰明。尤其對橫森特別好。他只要有點失敗，田所美千代立刻鼓勵他，給他打氣。語氣帶著姊姊對弟弟的親密感。

「這就很難說了。」橫森說到一半，新田打岔。「她對你好，是因為你是學生。她對每個學生都一樣好吧。」

「才沒有這種事。」橫森嘝嘴說：「她對我特別好。我在捏麵團的時候，她會繞到我後面，拉起我的手教我捏喔！她只對我一個人這樣。」

「那是因為你太笨拙，她看不下去吧？」

「才不是！」橫森拍桌。

「別氣別氣。」本宮擺出安撫的手勢，然後對新田說：「總之先把話問完吧。」接著又看向橫森：「總而言之，你對那位太太一見鍾情對吧？」

橫森火氣很大：「不是一見鍾情，是命運的邂逅。」

「哪個都好。所以呢，後來怎麼了？」

「後來只要我的情況許可，我就會繼續去上課。」

橫森從去年九月開始停職。因為他去公司就會嚴重心悸，光是坐著都很痛苦，額頭不斷冒汗。去醫院檢查被診斷為憂鬱症。

因為時間很多，他希望每天都能去烹飪教室，但很遺憾有人數限制。此外學費也不便宜，結果他一週頂多只能去兩、三天。

就橫森而言，他每天都在期待去烹飪教室的日子。見到田所美千代是他人生最大的快樂。今天要穿什麼衣服去？要弄什麼髮型？今天美千代會以什麼表情跟我說話？——光是想像就小鹿亂撞。

後來光是學做菜已不能滿足他，他想更深入了解美千代。甚至想佔有她的欲望也一天天膨脹起來。

有一次，兩人單獨在教室裡。橫森心想，絕對不能錯過這個機會，於是決心告白：「我喜歡妳，打從心底愛著妳。」

「田所太太怎麼說？」本宮問。

橫森重重嘆了一口氣：「她說……謝謝。」

「說謝謝啊，然後呢？」

「只有這樣。」橫森浮現一抹淡淡的微笑：「所以我就問她，老師妳覺得我這個人怎麼樣？」

「她怎麼回答？」

「她說，她覺得我是個好人，是個很認真的學生。」

本宮歪歪嘴角。「這樣很好啊，她沒有討厭你。」

「以她的立場而言，她也只能這麼說吧。因為她有老公。」橫森一臉冷淡地說。

「我覺得不是這樣。」本宮疲累地低喃後，然後驚訝地張開嘴巴。「喂，難道這是動機？」

「沒錯。一開始我就說過了吧，我想把她據為己有。」

「就算殺了她老公，她也不見得會變成你的吧。」

橫森沒有畏怯退縮，反而以三白眼回敬本宮：「你不懂啦。」

「不懂什麼？」

「本來一切都很順利的。只要那個男的死了，她就自由了。可以和我自由戀愛，然後兩人過著比以往更幸福的生活。」橫森說完忿忿地歪著嘴角：「可是這一切都被警方搞砸了。」

本宮怒目圓睜，然後看向新田輕輕點頭。臉上寫著「這傢伙有病」。

之後橫森詳細供出他的犯案過程。被害人有慢跑習慣這件事他是從田所美千代那裡聽來的。慢跑路線是他好幾次尾隨後確認的。因為怕被別人推測他住在附近，也為了隱瞞騎腳踏車這件事，他想到在現場留下菸蒂。由於橫森自己不抽菸，因此可以擾亂警方辦案。那家漢堡店他去過好幾次，對於吸菸區的情況也很了解。

至於犯案手法，幾乎和新田的推理一樣。他騎腳踏車從後面追趕慢跑的田所昇一，從後面叫他的名字。被害人嚇了一跳停下腳步。地點就在工地現場的前面。

橫森下了腳踏車，走向田所昇一。為了不讓田所昇一產生警戒，滿臉笑容地跟他說「好久不見」。

「你和被害人見過面？」本宮問。

橫森搖頭。

「我對他很熟，但他不認識我。不過有人跟你說好久不見，你會先想這個人是誰吧？是不是在哪裡見過？我賭的就是這一瞬間的空白。」

確認沒有人後，橫森拿出預藏的小刀刺向他的腹部。拔出小刀後，被害人按著肚子呻吟。這時他拉起被害人的手，從預先打開的工地圍欄空隙拉進工地現場裡。在這裡，又朝背後刺了一刀。被害人就此倒地不起。

橫森扔掉菸蒂，走出圍欄外，並把圍欄恢復原狀。然後騎上腳踏車直到永代橋，都沒有和人擦身而過。他覺得自己運氣真好，神是站在自己這一邊。

「我來告訴你一件好事吧。」聽完橫森的敘述，本宮說：「你知道我們為什麼會查到你嗎？是田所美千代看了你被監視錄影器拍到的畫面，告訴我們的。她說這個男人叫橫森仁志。你是被你弄不到手的女人告發才被捕喔。」

但橫森的表情沒有變化，只是冷冷地說：「所以呢？那又怎樣？」

「我是在叫你不要做徒勞的事。你做的事情沒有任何意義，只是斷送你的人生。」

結果橫森以同情的眼神看著本宮，以沒有抑揚頓挫的聲音說：「你是不會懂的。」

5

「只能說這個人完全瘋了，真是的。我刑警幹了這麼多年，看到腦筋不正常的傢伙越來越多。金錢問題、愛恨糾葛，這種傳統式的犯案動機，我居然覺得很正常，看來我的腦袋也出問題了。不過，我不曉得還能幹幾年刑警倒也還好，你現在才要開始，真是前途堪憂啊。真是同情你。」走在大廈公寓林立的步道上，本宮這麼說著。他現在梳著一頭整齊往後梳的油頭髮型，想必是去過理髮院了。據說每當案子告一個段落，他都會去理髮院做頭髮。

「不過，這樣真的破案了嗎？」新田偏著頭說。

「是怎樣？橫森自己招供了，我們也求證了啊。」

「這我知道，可是關於動機，我還是不太能接受。」

「這點我也一樣。那種莫名其妙的動機太扯了，叫人怎麼接受。不過，行凶的本人都這麼說了也沒辦法。」

「話是這樣沒錯……」

「是怎樣啦？你有什麼不滿？」本宮語帶煩躁地說。

「嗯……我自己也不知道，總覺得有個疙瘩。」

「這是在幹麼？你可別以為能看穿菸蒂那種小伎倆就跩起來了。那我也看得出來，只要再好好想一想我也會察覺到。」

「這我明白。」

「你真的明白？那你竊笑什麼？好啦，到了啦。進去吧。」本宮停下腳步，仰望旁邊的大廈公寓。

聽著本宮陳述橫森的供述內容之際，田所美千代端正的臉龐明顯變得僵硬，雖然有化妝，但也看得出血氣上揚。

「至於詳細情況接下來會更明朗，以上大致就是橫森的自白。妳聽了之後覺得如何？」說完之後，本宮問。

田所美千代幾度反覆眨眼之後，宛如在吞口水般動了動喉嚨，開口說：

「我非常震驚。萬萬沒想到那個人會做這種事……他來我的烹飪教室之前，完全不會做菜，能讓這種人愛上下廚，我原本很高興的……」

「很遺憾地，那個男人愛上的並不是做菜。真的是很殘酷的事。我由衷地再度致上哀悼之意。」因為本宮低下頭，新田也跟著做。

「不過我還是無法相信……他真的是個非常溫柔的人。」

「田所太太，妳沒有察覺到橫森的心意嗎？」

面對本宮的提問，田所美千代顯得有些尷尬。

「說完全沒有察覺是謊言。我總覺得他有話要跟我說，也曾當面向我告白過。」

「妳沒有一點危機感嗎？比方說擔心他會跟蹤妳？」

田所美千子痛苦地搖搖頭。

「或許應該提防這種事，但實際上我並沒有受到傷害，所以就覺得不需要提防什麼。不過現在想想，我可能太缺乏警覺了。」

「畢竟現在這個社會，有各種奇怪的人。也有人把單純的親切誤以為是愛情。」

「說得也是。要是我早點有所警覺就好了……」田所美千代難以忍受地垂下頭，一如往常用緊握的手帕按著眼角。

新田看向餐具櫃上，那六個巴卡拉的紅酒杯，黑水晶高腳酒杯依然擺在那裡。這是結婚一週年時，田所昇一送給她的禮物。結婚一週年——特別紀念日。

籠罩在新田腦海裡的雲霧突然散開了，之前若隱若現的東西現出原形了。這意外的頓悟令他自己驚愕不已。

「請問妳的烹飪教室，」一回神他發現自己已經在說話，「有在做巧克力嗎？」

田所美千代一臉困惑地看向新田：「巧克力？」

「比方說情人節之前，電視不是常常會教人做巧克力，建議大家送『手作巧克力』之類的。」

「有。」她點點頭說：「這個我的教室也有教。雖說是手作巧克力，但實際上不是做巧克力，而是用巧克力做出創意甜點。」

「今年也有開這種課嗎？」

「有，今年也開了，二月初的時候。請問有什麼問題嗎？」

「妳也做手作巧克力送給妳先生嗎？」

「送了。那個，刑警先生——」

「案發那天晚上，」新田打斷田所美千代的話，繼續質問：「妳先生有喝酒嗎？那天是三月十四號，也就是所謂的白色情人節。我在你先生的公司聽說他是非常重視家族聚會的人。如果妳在情人節送了他手作巧克力，他應該不會疏忽沒有回禮吧。」

田所美千代深深吸了一口氣。新田覺得她好像在重新振作。

「是的，有。」她回答：「您說的沒錯，那天晚上我們有喝紅酒。」

「晚餐呢？是不是去外面吃？」

「不是。但不是我做菜，是他做的。」

「妳先生會做菜？」

「是的。畢竟他經營了好幾間餐飲店，廚藝也相當不錯。」

「原來如此。那天晚上的料理是什麼？」

「俄羅斯酸奶牛肉，搭配紅酒非常完美。」

「想必是美好的一晚啊。晚餐大約幾點鐘結束？」

「我記得是……」田所美千代側首尋思。

「晚上九點或十點？」

「嗯，大概這個時候。」

「飯後不到兩小時，妳先生就外出慢跑了。剛喝完酒對身體不太好吧。」

新田感到田所美千代的眼中閃過冷冽的光芒。當然只有一瞬間，之後她立即浮現落寞的笑容。

「雖然喝了紅酒，但也不是喝很多。因為他平常就是在有喝一點酒的狀態下去跑步，所以我也沒有太在意。不過仔細想想，您說得對。這樣對身體不好，我應該阻止他才是。」

「對健康有自信的人經常會亂來。」

「真的是這樣。雖然事到如今說這個已經太遲了。」

「不過，是不是真的亂來，還得仔細調查才知道。所以我接下來打算調查一下。」

田所美千代不懂新田的用意，眼神顯得有些徬徨。

「我想再仔細重看司法解剖的結果。看他有沒有喝酒？喝到什麼程度？還有吃了什麼東西？解剖報告裡應該寫得很清楚。」

烹飪研究家美麗的臉變得像能劇面具般沒有表情，就這樣一直默默無言。

「呃……」打破沉默的是本宮：「目前偵辦情況大概是這樣，如果又查出什麼事，到時候再來向您報告，今天我們就此告辭。」

田所美千代恢復笑容：「好的，那就麻煩你們了。」

在玄關道別時，她忽然叫住新田。

「新田先生，夫妻之間有很多事情，你還年輕，或許不懂。」

新田點點頭，回了一句：「我會謹記在心。」

走到走廊後，本宮用手肘戳新田的側腹。

「你也拜託一下，想說那種話也先跟我說一聲，害我不知如何是好。」

「對不起，因為我是突然想到的。」

「突然想到也不能這樣吧。」

「本宮先生，」新田停下腳步，望著前輩刑警：「我想懇求你一件事。請一定要答應我，拜託。」

6

在偵訊室面對橫森時，他一臉豁出去的表情。坐在椅子上時，他依然抬著下巴，宛如瞧不起似地看著對面的新田。

「今天由你偵訊啊？」橫森問。

「你的氣色不錯嘛。完全不像快要被起訴的殺人嫌犯。」新田說。今天由本宮擔任記錄。這是他特別拜託稻垣的。

「要起訴就快啊，何必這樣大費周章。我全都招了，應該可以了吧。」

「這可不行。一定要把整起案件的全貌都解開才行。」

橫森不耐煩地歪歪嘴角：「還有哪裡不滿嗎？」

「三月十四號，田所夫妻並沒有一起用餐。」新田忽然進入正題。「被害人田所昇一先生也滴酒未進，胃裡的東西，也和田所太太說的料理截然不同。這是怎麼回事？」

橫森別過頭去，喃喃地說：「我哪知道。」

「田所昇一先生是個很重視家族聚會的人。他在白色情人節沒有和太太一起用餐。

我們很想知道為什麼。」

「那就去想啊。問我也不知道。」

「我想問問你的看法。結婚三年，在白色情人節的夜晚，通常會有慶祝活動吧？」

「通常是這樣沒錯，可是夫妻也有很多種，不能一概而論吧。」

「原來如此。」新田凝視橫森削瘦的臉孔。「為什麼你決定在那晚動手？」

「啊？」橫森眼神飄移。

「白色情人節的夜晚，結婚才三年的夫妻，很有可能在家裡慶祝，也會喝一點酒。這麼一來，應該不會出去慢跑。即便你埋伏守候，也極有可能徒勞無功。你沒想過這一點嗎？」

「……我忘了。」

「你忘了？」

「我忘了那天是白色情人節。只是這樣。」

新田搖搖頭：「不可能。」

「為什麼？」

「你在漢堡店點了什麼東西，監視錄影器都拍得很清楚。你點的是白色情人節特餐。就算你之前忘了，也會想起來吧。」

橫森猶如被擊中要害般身體往後退，一臉鬧彆扭地別過頭去。

「田所夫妻的感情好像不太好。」新田說：「根據我們的調查，昇一先生這陣子外食的情況變多了。我們問過他的部下，部下說最近社長連不需同席的聚餐都會來參加。我想這是為了避免在家裡吃飯吧。參加聚餐就會喝酒，這種夜晚回到家也不會去慢跑。對，最近田所先生的慢跑次數比以往少很多。負責訪查附近的搜查員，也查到這個事實。那麼相反地，可以預測他在什麼日子，會確實出來慢跑嗎？」新田盯著橫森的尖下巴繼續說：「那就是有家庭活動的夜晚。這種日子，他都命令員工早點回家了，自己不可能沒有餐會計畫。但因為不喝酒，所以有機會出去慢跑。而事實上，那晚他也穿著防風外套出去慢跑。問題是，為什麼你知道這件事？你能不能告訴我，你剛好挑白色情人節下手的理由？」

可是橫森沒有回答。他頭有點低，依然別過臉去動也不動。

「橫森先生。」新田叫他。「是有人拜託你吧？拜託你殺了田所昇一先生吧。」

橫森的臉頰抽動了一下。

「說來還真奇妙。日前我們也去拜訪田所美千代小姐，她一點都沒有責怪你的意思，說得好像全是自己的錯似的。」新田說完後，靜待對方的反應。

過了一會兒，橫森呼地吐了一口氣，身體還微微晃動，抿著嘴笑了笑。

「真厲害。看來刑警也有腦袋靈光的。」橫森看向新田。「我覺得什麼都說出來就太遜了，所以才沒說那麼多。可是既然被看穿到這種地步，那也沒辦法了。」

「果然是有人拜託你？」

「不，不是這樣。是我提案的。我想要救她。」

「你指的是田所美千代小姐吧。救她是什麼意思？」

「當然是把她從那個惡魔般的男人手裡救出來。」說出這句開場白後，橫森繼續說，內容大致如下：

他向田所美千代做了愛的告白後幾天，兩人再度有了獨處機會。這時，他看到驚人的東西。她原本穿著長袖開襟毛衣，後來覺得熱而脫下來，裡面穿的是短袖針織衫。他看到她露出的上臂竟有好幾處黑色瘀青。

橫森問她怎麼回事，田所美千代嚇了一跳，連忙又穿上開襟毛衣並堅稱：「沒什麼，只是撞到而已。」

橫森怎麼可能接受這種說法，他緊咬不放，希望田所美千代說實話，究竟發生了什麼事。後來她終於沉重地說出遭到丈夫施暴。丈夫在外面是溫柔又有包容力的人，但在家裡只要有點不高興就會動粗。尤其嫉妒心特別重，只要美千代和別的男人稍微親密點，他就會抓狂。所以美千代也在考慮，烹飪教室要不要拒收男學生。

橫森說這實在太過分，叫她跟這種傢伙離婚。但美千代噙著淚水說，要是能離婚不知道有多幸福。可是她父親以前受到昇一的大筆金錢資助，離婚的話一定會被逼還錢，事到如今她不想讓父親受苦。

「我非常震驚。平常開朗活潑、看似沒有煩惱的她，居然會露出那麼悲傷的表情。不過，這才是她的素顏。其實她非常敏感，是個很容易受傷的人。平常的她總是戴著面具。我第一次察覺到這件事，同時也感到深深的憤怒。絕對不能允許這種不合理的事，所以我才想做些什麼。」

「做些什麼……也就是殺害田所昇一吧？」

「當然。」

「這件事，你有跟美千代小姐說嗎？」

「有，但我沒有說得很直接。」

「你是怎麼說的？」

「要是妳先生死了，妳會跟我結婚嗎？——大概就像這樣。」

「她的反應呢？」

「她難過地搖搖頭。」橫森眉梢下垂。「她叫我不要想恐怖的事，她自己忍耐就好，不想把別人牽扯進來。當然沒了丈夫就能自由戀愛，但這是白日夢，她早就死心了。聽了她這番話，我下定決心，無論如何要拯救她。」

新田和旁邊的本宮對看一眼後，視線轉回橫森：「殺人是兩個人一起策劃的？」

「是我一個人策劃的。不過就如你剛才說的，那傢伙在白色情人節確實會出去慢跑，這個消息是她提供給我的。」

「結果她卻背叛了你。她看了監視錄影器的畫面就說出你的名字。關於這一點，你是怎麼想的？」

「我不認為我遭到背叛。站在她的立場也無可奈何吧。就算說謊，遲早也會被拆穿。我認為她的選擇是正確的。更何況我說過好幾次，你們什麼都不懂。我想救她。能夠救她，我就滿足了。她應該也很感謝我。」橫森自誇地說，還抬起尖下巴。

7

端上來的盤子裡，放著切成扇形的蛋糕，外層塗上的巧克力散發著美麗光澤。

「這是今年情人節前，我推薦給學生們的一款甜點。」田所美千代說。她穿著針織衫，外加一件圍裙。

「妳先生也吃這個蛋糕？」

面對新田的質問，她聳聳肩：「我不知道耶。」

「今年的情人節，妳沒有送巧克力給妳先生吧？不，即便想送，他也不會收吧。」

「我不懂您在說什麼。這和案件有什麼關係嗎？」她將紅茶壺放在新田前面，飄散出大吉嶺紅茶的香氣。

新田來到田所美千代用來當烹飪教室的房間，和她面對面坐在試吃室的桌前。本宮這次沒來。

「最近我聽某個女孩說了一件很有趣的事。她說女人的素顏分為真的和假的。真正的素顏就是沒有化妝的臉。」

田所美千代面帶笑容偏著頭，但眼神有警戒之色。

「橫森仁志說，他看過妳的素顏。外面那張開朗活潑的臉是面具，其實裡面隱藏著敏感又容易受傷的素顏。但真的是這樣嗎？他看到的，真的是真正的素顏嗎？」

「這話什麼意思？」她眨眨眼睛。

「妳有在上健身房吧。一星期大約游兩次泳。沒錯吧？」

「沒錯。」

「這就怪了。橫森說他看妳的上臂有瘀青時，那個時期妳也一如往常去游泳。可是認識妳的健身房常客和教練，沒人看過妳上臂的瘀青。這究竟是怎麼回事？」

田所美千代將黑眼珠轉向左上方，一副不可思議的表情：「瘀青？我們沒有談過這種事啊？」

「妳遭到妳先生施暴，是家暴受害者。」

「家暴？對不起。我完全不曉得你在說什麼。」

新田說了一句：「那我喝紅茶了。」便端起茶杯喝紅茶，然後嘆了一口氣。

「果然啊，我就知道是這麼回事。瘀青是化妝化上去的，家暴也是瞎掰的。」

「這話什麼意思？」

新田從外套口袋取出記事本。

「我們徹底調查了妳先生的個人電腦，發現令人玩味的事。三個月前，他多次上某徵信社的網站。那是個以調查外遇為主的公司。妳先生為什麼會做這種事？」

「不知道。」田所美千代又聳聳肩，表情有些僵硬。

「我們也問了幾位烹飪教室的學生。雖然很多人對橫森遭逮捕感到吃驚，但幾乎每個人都說，那個男的很有可能做這種事。因為他很明顯地迷戀妳，他們還比較擔心他會不會傷害妳。不過其中一人，擔心的是另一件完全不同的事。那位學生擔心的是，橫森搞不好會對山口先生怎麼樣。妳應該認識吧，就是南北出版社的山口孝弘先生。」

「他是我的學生。我出版料理書時，受過他的照顧。」

「好像是的。聽說你們很熟？」

「因為出書的關係，有些細節要討論。」

「聽說妳和山口先生的關係，不只是這種程度。或許妳自認隱瞞得很好，但畢竟女人的直覺比男人敏銳。」

田所美千代嘴角的笑容消失了。「這是誰說的？」目光如刺般射向新田。

「我不能說出我的消息來源。不過聽到這種事，刑警的推理本能就會動起來。橫森說的話，不能囫圇吞棗地全信。我懷疑他說的話背後，有著他自己也不知道的真相。」

田所美千代伸手端起紅茶杯。「你要怎麼推理是你的自由。」

「這裡有一位女性，她外遇了。」新田開始說：「不巧地被丈夫發現了。當然面臨離婚危機。但是她不想離婚。因為丈夫是資本家，只要婚姻關係還在，她就能過奢華的生活。這下該怎麼辦呢？真是傷腦筋。這時出現了一個有偏執狂傾向的男人。她發現這個男人很迷戀她，於是想利用他。讓他深信，只要丈夫死了，兩人就能結婚。於是這個男人按照計畫殺了丈夫，而且還笨到願意被逮捕。這麼一來就沒有礙事者了。可喜可賀，可喜可賀。這個推理，妳覺得如何？」

田所美千代慢條斯理地啜飲紅茶，做了一個深呼吸後看向新田。

「這個故事真有趣。不過刑警先生，她有犯什麼罪嗎？」

「若證明是教唆犯的話，和實行犯同樣是殺人罪。」

「這也要能證明吧。有什麼證據嗎？還是單憑腦筋不正常的犯人說的話，就能判她有罪？」

新田收起下顎，瞪著田所美千代。但她直勾勾地看著新田。兩人的視線在巧克力蛋糕上面碰撞。

「很遺憾地，沒有任何證據。」新田說：「我們問過橫森好幾次，但妳和他之間的交流，沒有留下任何具體的東西。雖然有妳發給他的簡訊，但也只是以烹飪教室的講師身分發的。」

「我想應該沒有。因為我和他之間沒有那種交流。」

兩人再度互瞪。但這次田所美千代立刻別開視線，看向時鐘。

「都這個時間了，很抱歉，我的學生們快要來了。要是沒有別的事，能不能請你回去呢？」

新田不甘地咬牙切齒後，嘆了一口氣點點頭：「好吧。」

他只好起身走向玄關。在玄關忽然回頭說：「可以再問妳一件事嗎？」

「什麼事？」

「如果橫森沒有被逮捕，妳打算怎麼辦？他可是打算跟妳結婚，搞不好會變成惡質的跟蹤狂喔。」

結果田所美千代放掉肩膀的力氣，宛如在說這是什麼呀。

「完全不要緊。那種男人，來幾次我都能應付他。」語畢，雙唇之間還吐出粉紅色的舌尖。這表情讓人想起瞄準獵物的蛇。

新田大大地吐了一口氣：「看來，妳終於露出真正的素顏了。」

田所美千代目光一閃。

「但願這對刑警先生會是一個好經驗。」

「我會好好活用這個經驗。下次絕對不會被女人的面具騙了。」新田撂下這句話後就緊咬著嘴唇走出房間。

假面與蒙面

1

十月八號，星期五。山岸尚美繃緊神經站在櫃檯。下週一是國定假日體育節，因此明天開始連休三天。而且剛好是結婚旺季，預約爆滿。再加上有幾團外縣市的團體預約，尚美在心中禱唸，最好不要發生什麼事。

東京柯迪希亞飯店的住房登記從下午兩點開始。時鐘的針擺稍微過了兩點，這些男人便出現在大廳。看到他們的瞬間，尚美有種不祥的預感，在心裡嘀咕，真討厭，幹麼來我們飯店嘛，我最怕這種的。

他們一共五人。其中兩人明顯超過四十歲，其餘年齡不詳。但他們散發出共同的氛圍。將這種氛圍極端具體化的，是走在最前面的男人。他穿著格紋厚外套，每一顆釦子都確實扣上，揹著咖啡色背包，頭髮凌亂、臉色蒼白，戴著黑框眼鏡。尚美想起某知名女性偶像團體的握手會，他們像是會出入那種地方的人。雖然她從沒去過那種地方，對實際情況不了解。

他們停下腳步不曉得在談什麼，不久後終於開始移動。而且非常不幸的，他們正走向櫃檯。尚美不由得身體僵硬。這時還有其他櫃檯人員在，尚美在心裡祈禱，拜託不要走到我這裡來。

但是她的祈禱落空了，這些男人全部聚集在她前面。迫於無奈，尚美只好出聲打招呼：「歡迎光臨。」

「我姓目黑。」黑框眼鏡男說。

尚美操作終端機一看，他確實有預約。

「您是目黑和則先生吧？」

「對。」黑框眼鏡男點頭。

黑框眼鏡加上目黑——這是想搞笑嗎？

「您訂的房間是，從今天起兩天，禁菸的標準雙人房一間，禁菸的豪華三人房一間，沒錯吧？」

「沒錯。」目黑漠無表情地回答。即便和他面對面也猜不出他幾歲。看起來像高中生但又像大叔。

尚美將兩張住宿登記表放在櫃檯上。

「麻煩在這裡填上姓名和住址等資料。」

結果目黑貌似困惑地向後轉，和其他四個人嘀嘀咕咕不曉得在說什麼。看來是還沒決定誰住哪個房間。

「一起住的話，只要代表的人填寫也可以。」

尚美這麼一說，他們又開始討論誰要當代表。

結果由目黑和一個肥胖中年男子填寫住宿登記表。目黑的住址在栃木縣，姓犬飼的中年男子則是靜岡縣。他們究竟是什麼關係？

「您訂房的時候，好像說要現金支付，沒有變更嗎？」

男人們面面相覷，然後互相點頭。目黑說：「付現。」

「好的。本飯店在辦理住房手續時，會請現金支付的客人先付押金。這次住的雙人房是五萬圓，三人房是七萬圓，因為住兩晚，所以各乘以二，這樣沒問題吧？」

「要先付錢啊？」目黑不滿地問。

「這是押金。當您退房結帳時，會把多的還給您。」

男人們又開始嘰嘰咕咕談了起來。因為住的房間不同、押金也不同，一群人開始爭執了起來。

尚美在心裡碎唸，有夠麻煩。

最後他們竟花了至少五分鐘，才決定將總計二十四萬圓按人數均分。這要是在人多擁擠的時段，別的客人大概已經抱怨連連了。

尚美將房卡交給一旁待命的門房小弟後，向男人們行了一禮：「請好好休息。」

但有個男人動也不動。那是中年發福的犬飼。他一副有話要說的樣子，看著尚美的臉。尚美問：「有什麼不清楚的地方嗎？」

犬飼開口說：「橘櫻。」

「啊？」

「就是橘櫻呀。她今晚住在這家飯店吧？」犬飼羞紅了臉，淺淺一笑，以沙啞的聲音說：「是哪個房間？反正現在沒人在，可不可以告訴我？」

尚美大概明白他的意思了。橘櫻這個名字，好像在哪裡聽過，可能是哪個偶像明星之類的吧。

「對不起。我們規定不能回答客人這種問題。請您諒解。」尚美再度鞠躬。

犬飼嘖了一聲。「幹麼呀，這麼小氣。告訴我又不會怎樣。」

「哎喲，人家就說不行了嘛。」目黑回來抓住犬飼的手，「飯店的人是不會告訴我們的。我們只能自己想辦法找。」

「嘖，沒辦法了。」犬飼忿忿地瞪了尚美一眼，帶著不甘願的表情走向電梯廳。

但並非五個男人全去房間了。有個戴紅色毛線帽、身材矮小的男人，和一個瘦如骸骨的中年男人留了下來。他們沒有交談，只是靜靜坐在大廳的沙發。紅帽男盯著櫃檯，骸骨男望著正門玄關。

尚美低聲問一旁的男性晚輩：「你知不知道橘櫻是什麼人？」

晚輩偏著頭說：「不知道耶，要不要上網查查看？」

「好，我來查。」

尚美退到後面的辦公室，用電腦上網查「橘櫻」，馬上就找到了。

原本以為是地下偶像明星什麼的，結果截然不同，意外地竟然是作家。除了性別是女性與出生年月日外，其他都不公開。橘櫻是用片假名表記，代表不是本名。今年春天出道，榮獲知名的新人獎。看到這裡，尚美也想起有人說過她的書很有趣，似乎賣得不錯。基本上屬於青春小說類，但其實也有很多香豔刺激的性愛描寫，這也是她受歡迎的祕密。從出生年月日來算，才二十七歲。

那些人的目標，是這位女作家嗎？

尚美用終端機查了預約的客人。沒有橘櫻這個名字。不過他們好像確定這位小姐會入住這裡，所以才會縱使要付高額的住房費，也要入住這間飯店吧。既然如此，橘櫻說不定真的會入住這裡。

但話又說回來，只知道性別與出生年月日，為何會如此著迷？難道她的作品真有那麼動人？

關閉電腦後，尚美回到櫃檯往大廳一看，嚇了一跳。目黑和犬飼也來了。他們散坐在各處，眼神相當專注。看來是在等待橘櫻出現。可是他們不知道橘櫻的長相吧？究竟要怎麼找她呢？

再仔細一看，他們全都拿著手機，但不是操作手機，而是當年輕女人經過時，對比手機裡的畫面。

隨著時間經過，來辦住房手續的客人也變多了。但尚美依然很在意目黑他們。他們偶爾會交換地方，就這樣持續監視兩個多小時。

尚美將櫃檯交給晚輩看著，退到辦公室，然後迂迴地走工作人員專用的通路，繞到大廳的一角。這個位置，對盯著櫃檯和正門玄關的男人們而言，是個死角。

尚美假裝在巡視大廳，慢慢走到紅帽男的後面。他坐在沙發上，依然拿手機盯著櫃檯。尚美站在他後面，看他手上的手機。手機螢幕顯示的是女人的臉。而且是令人驚豔的美女，有一張瓜子臉，鼻梁很挺，看似有歐美血統，但又帶著幾分樸素的感覺。

尚美悄悄離開紅帽男，接著來到犬飼的背後。犬飼悠哉地蹺腳坐在沙發上，手機拿得跟臉一樣高。站在他的背後，很容易就能看到畫面。

這裡出現的畫面也和紅帽男的一樣。他們一定是在找畫面中的女子。不曉得這個畫面是怎麼入手的，想必是橘櫻的近照吧。如此令人驚豔的美女，難怪他們會如此著迷。

接下來該怎麼辦呢？

尚美回櫃檯前，看了一下辦公室。櫃檯經理久我在裡面。他是尚美他們部門的年輕負責人。現在他正站著翻閱文件。

「久我先生，可以跟你談一下嗎？」

「怎麼了嗎？」久我柔和的表情裡，浮現些許警戒之色。

「是這樣的……」尚美說明了大致的情況。說到一半，久我就開始歪起嘴角。

「搞什麼啊，又有麻煩的傢伙坐在大廳不走啊。」

「這該怎麼辦？」

「真是傷腦筋，可是我們也不能對他們怎麼樣。他們並沒有給其他客人帶來困擾吧。總不能因為長時間坐在大廳，就去跟他們說什麼。」

「可是，那位小姐出現的話，他們會做什麼呢？我實在難以想像。」

「包圍那位小姐，要求簽名，或是要求握手？」

「這也是有可能。」

「如果是這樣的話，到時候再看情況處理。只有五個人吧？再怎麼吵鬧應該也有限。」不愧是現場的負責人，沉著穩定。

「我明白了，先靜觀其變。」

「但是，」久我一臉思索地說：「要是有我們能做的事，事先做準備比較好。」

「比方說？」

久我在終端機前坐下，開始迅速操作。畫面出現預約名單後，一邊瀏覽一邊按著滑鼠滾輪。

不久，他的手停了。「哈哈，可能是這個吧。」

「什麼？」

久我指向畫面的某處，預約的人是「望月和郎」。他訂的是豪華雙人房，從今天起入住四天。

「妳看他的付款方式，請求付款的單位是『一橋出版』。」

「這是大型出版社耶。」

「而且住宿者的名字是『玉村薰』，和訂房的是不同人。以前也有好幾次，出版社像這樣跟我們訂房，連續好幾天。我無意間聽清潔人員說過，好像是作家在這裡閉關趕稿，房間裡放了很多稿紙和資料。」

「嗯。」尚美點頭：「我聽過這種事。」

「最近這種情況很少，我還以為妳可能不知道。查一查這位作家橘櫻的著作，看她和一橋出版社的關係深不深。」

尚美立即上網查尋。果然如久我所言，橘櫻獲得的新人獎就是一橋出版社主辦的文學獎。

「這就沒錯了。」久我交抱雙臂：「不知道『玉村薰』這個名字是不是本名，但橘櫻這位女作家應該在趕稿吧。」

「這樣該怎麼辦？」

「剛才我也說過了，基本上只能守護她。像這樣連續住好幾天的客人可是貴客。我們要給橘櫻這位作家留下好印象，要是以後她也必須閉關趕稿，希望她能繼續利用我們飯店。至於那些人，不曉得是不是她的書迷，但若引起什麼騷動，造成她以後不再光臨我們飯店就傷腦筋了。」

「同感。」

「為了避免引起騷動，最好別讓橘櫻小姐出現在那些人面前。這位望月和郎，可能是負責人什麼的。住房手續可以請他來辦吧。這段時間，請橘櫻小姐在別的地方等。」

「找望月先生商量看看吧。」

「這樣比較好。可以拜託妳嗎？」

「當然可以。」

「好吧，就朝這個方去做。拜託妳了。」久我說完起身離開辦公室。

尚美決定立刻打電話給望月和郎。訂房時，他有登記電話。看起來是手機號碼。

電話響了好幾聲，終於接通了。「喂？」話筒傳來困惑的聲音。

「您好，這裡是東京柯迪希亞飯店，我是住宿部的山岸。不好意思，請問您是望月和郎先生嗎？」

「是的，我是望月。」

「非常感謝您這次利用本飯店。是這樣的，有件事想先跟您說一下。不曉得您現在方便嗎？」

「方便。是不是有什麼問題？」

「沒有。只是有件事，希望您先知道比較好。」

「哦？……那我當面聽妳說吧。我現在剛抵達飯店。」

尚美不由得「咦？」了一聲：「您現在在哪裡？」

「在櫃檯附近。」

尚美慌了。現在不是說這種話的時候。

「我明白了。那我立刻也去櫃檯。」

「我只要直接去櫃檯就行了吧？」

「是的。」

「我知道了。」

確認對方掛電話後，尚美也掛掉電話。急忙趕到櫃檯，環視周圍，看見一位穿咖啡色外套的男性正走向櫃檯。

「請問您是望月先生嗎？」尚美問。

「是的。妳是剛才打電話給我的人嗎？」

「是的，真的很抱歉。」

「妳說有什麼事要先跟我說？」

「是的，不過在那之前，我想先跟您確認一件事。這次住宿的是玉村薰小姐，她沒和您一起來嗎？」

望月嘴巴微張地點點頭，宛如在說，搞什麼，是這種事啊。

「她晚點會來。我想先幫她辦理住房手續，這樣不行嗎？」

「不，這沒問題。請問，玉村小姐大概什麼時候會來？」

「應該快來了吧。」望月看看手錶：「因為我們約好在那邊的咖啡廳見面。」望月指向開放空間的休息區。

糟糕，尚美心想。目黑和犬飼他們一定會發現。

「有什麼問題嗎？」望月狐疑地問。

「沒有……那麼望月先生，您預約的是從今天起入住四天的豪華雙人房，但是是單人使用對嗎？」

「是的。」

「那麼請您填寫住宿登記表。」

尚美遞出住宿登記表時，心頭一驚。因為在大廳的目黑他們正盯著尚美這邊看。

尚美霎時明白了。他們知道望月是橘櫻的負責人。

她在腦海裡快速尋思後，拿起便條紙振筆疾書。

「這樣可以嗎？」望月示出住宿登記表。住宿者的欄位寫著「玉村薰」。

「謝謝您。望月先生，那能不能請您幫忙確認一下這個？」語畢，尚美將便條紙遞到他面前。

上面寫著「請不要回頭看，聽我說話。」

望月驚愕地睜大雙眼。

「住房的玉村小姐，是不是這位？」尚美在便條紙一角寫上：「橘櫻。」

望月有點嚇到，身子稍稍往後仰。

「如果不是就沒問題。但如果是的話，我必須先跟您說一件事。」為了不讓目黑他們起疑，尚美一直保持櫃檯人員應有的笑容。

望月一臉迷惘，眼神飄移，然後舔舔嘴唇：「是什麼事呢？」

「果然是這樣啊。」

望月露出為難的表情，眨眨眼睛：「我一定要回答這個問題嗎？」

意思是，在他的立場上，他不能回答。

「我明白了。不回答也沒關係。那麼我先跟您說一下。現在，有五位男性在大廳。他們兩小時前就來了，目的可能是為了見她。」尚美指著便條紙上的「橘櫻」。「而現在，他們都看著望月先生您——請不要回頭。」

望月正想轉動脖子，但停止了。「這實在傷腦筋……」

「當然若是沒有出什麼問題就沒事。但是為了慎重起見，想說先跟您說一聲。」

「謝謝妳。可是，這該怎麼辦呢……」望月開始思索。

尚美辨著住房手續，一邊心神不寧地暗忖，為什麼望月不趕快打電話給橘櫻？再拖下去的話，萬一橘櫻出現在咖啡廳不就糟了？

「房卡要不要現在交給您？」

「也好……不，先不要。」望月輕輕搖頭：「請本人來拿吧。若有人報上姓名說是玉村薰，請把房卡交給那個人。」

「交給本人……這樣好嗎？」

「不要緊。呃，妳是山岸小姐是嗎？」望月看著尚美的名牌問。

「是的，我姓山岸。」

「妳會在這裡待到幾點？我指是的櫃檯。」

「我嗎？大概會待到五點左右。有什麼事嗎？」

「有件事，我想跟妳談一下。能不能找個地方談一談？」

「跟我談嗎？」

「是的。」望月點頭，然後從外套的口袋掏出名片。「五點以後也沒關係，等妳有空的時候，能不能打這個號碼給我？」

看來好像有什麼重要事情。於是尚美回了一句「好的」便迅速收下名片。

望月離開櫃檯時，一邊走一邊掏出手機。他是想打給橘櫻吧。目黑他們以目光追著望月的行動。不久消瘦中年男人與紅帽男站了起來，前去跟蹤望月。

但過了一會兒，兩人便回到大廳，表情悶悶不樂，可能是跟蹤失敗吧。

再過十分鐘就五點了，這時一名男子走近櫃檯。戴著金邊眼鏡，有點胖，看起來約五十歲前後，拎著一個大包包。他看看尚美的胸口，又看看她的臉，膽怯畏縮地說：

「那個……我姓村……」

「啊？對不起，我沒聽清楚。」尚美將手放在耳邊，稍微探出身子。

「玉村。我是玉村薰。」

這次聽清楚了。但尚美花了幾秒鐘才把這位玉村薰，和望月幫忙辦理住房手續的房客玉村薰對起來。

「您是玉村薰……先生，是嗎？」

「嗯。」男人點點頭：「我有接到望月先生的電話。」

看來應該沒錯。尚美招手叫門房小弟，將準備好的房卡放在櫃檯。「感謝您入住本飯店。」

「打掃房間，請在上午十一點到中午之前完成。因為除了這個時間以外，我都在房間裡。」

「好的，我會轉告相關人員。」

「那就拜託妳了。」

玉村薰在門房小弟的帶領下走向電梯廳。尚美目送玉村薰離去後，心頭一驚趕緊窺看目黑他們的情況。

他們沒什麼動靜，依然只是盯著正門玄關與櫃檯。

2

下午五點，日班交接給午班。交班結束後，尚美在走向事務大樓的途中打手機給望月。他立刻接起並道歉：「對不起，拜託妳這麼為難的事。」

「不會，請別客氣。倒是剛才，大廳裡的兩位先生好像追著您後面去……」

「我有發現他們。所以立刻叫了計程車，甩掉他們。」

「這樣啊，那真是太好了。」

「山岸小姐，妳可能覺得有些事情很奇怪吧。譬如玉村薰的事。」

「要說奇怪的話……是的，我有點嚇到。」

「包含這件事在內，我想跟妳說明幾件事情。接下來能不能跟妳見個面？其實我已經回到飯店附近了。只要妳告訴我可以碰面的地點，我馬上過去。」

「我明白了。那麼——」

尚美提出的地方是飯店的事務大樓。這棟大樓隔著一細小的路蓋在飯店旁邊，大樓上掛著「東京柯迪希亞飯店別館」的招牌。

望月說：「這樣很好。」於是他們便約在玄關前見面。

尚美在事務大樓的前面等候，不久望月便出現了。由於一樓會客室空著，尚美帶他來這裡。雖說是會客室，也只是陳設著簡單沙發和小桌子的小房間。

「玉村薰是他的本名。」一座定，望月便切入正題。「他住在埼玉縣的川口，或許看起來很老，但其實才四十五歲左右。」

「他是作家……嗎？」

尚美一問，望月頓時打直背脊回答：「是的。」然後又做了一個深呼吸：「筆名是橘櫻。」

尚美眨眨眼睛：「您這樣說出來不要緊嗎？」

「反正妳也已經知道了。」望月瞇起眼睛微微一笑。「辦住房手續時，我霎時也猶豫了一下。想說要不要先收下房卡，再另外交給玉村先生。不過妳知道房間號碼，或許也會聽到清潔人員說，遲早會發現住在那裡的不是二十幾歲的小姐。」

「我們不會對客人進行探查——」

「我想也不會。可是不知道會發生什麼事吧。所以我才想乾脆把事情都說出來，請你們協助才是上策。」

「協助……是嗎？」尚美不太懂這話的意思。「您希望我們協助什麼？」

「很簡單。總之，就是別讓橘櫻的真面目被拆穿。或許妳也知道，他現在對外自稱是位二十七歲的女性，其他資料都不公開。」

「這我知道。這叫蒙面作家吧。」

「這麼說聽起來有點像辯解，可是坦白說，剛開始我們也被騙了。因為他投稿的稿子上，清清楚楚寫著女性。我們讀了作品後非常興奮，真的很有趣，而且充滿情色氛圍。果然，這部作品獲獎了。我打電話過去，聽到的也是可愛的聲音。我們不可能不心花怒放。」

「可是其實是……」

望月擠出八字眉，噘起下唇點點頭。

「見到作者本人，我沮喪極了。就是妳看到的大叔。他向我道歉，說個人簡介造假，是因為覺得這樣比較容易得獎。接電話的是他就讀高中的女兒。還說如果不行的話，他願意辭退這個獎也無所謂。可是我們怎麼可能這麼做。於是編輯討論後，乾脆逆向操作，順勢推出這個作家。也就是讓他以女性蒙面作家的身分出道。」

「這個計畫成功了？」

「非常順利。成功地造成話題，得獎作品也大為暢銷。緊接著出版的新作也躍上排行榜，我們真的笑到合不攏嘴。」

「這樣很好啊。不過真的很不可思議啊。」

「妳指的是什麼？」

「在大廳那五位男性，都拿著女性的臉部照片。那到底是誰的照片呢？」尚美偏著頭問。

結果望月愁眉苦臉地開始操作自己的手機，不久後對尚美說：「妳說的照片是這張吧？」然後把畫面給她看。

手機裡顯示的照片確實和犬飼他們看的是同一張。尚美回答：「對，就是這張。」

「這是個大失敗啊。我們太得意忘形了。」

「怎麼說？」

「隨著橘櫻的人氣高漲，大家開始好奇她的容貌，甚至在網路上蔚為話題。其中有很多人說，橘櫻一定是個醜八怪，所以才不敢露臉。剛開始我們不予理會，但慢慢地越來越不甘心。」

「不甘心？」尚美不解地看著望月：「可是他本來就不是女性……」

「是沒錯。我們特地以蒙面作家來包裝他，當然希望讀者對他抱持幻想。關於橘櫻的真面目，我們可是列為最高機密，編輯部也只有少數人知道。所以我們就在想，能不能找出什麼辦法來對抗。這時出現了一個點子，例如只露出一部分的臉，或是斜後方的側臉照，或是在眼睛打馬賽克，只要不把整張臉清楚露出來就好，公開這種讓人看了會聯想是大美女的照片。」

「那就是這張照片嗎？」尚美看向望月的手機。

「原本是這樣沒錯。雖然說是照片，但卻是電腦合成的照片。用不紅的模特兒和女演員的眼睛或鼻子組成的。我們原本想讓畫面暈開，臉不要那麼清楚，然後才在網站上公開。可是出了一些差錯，居然把加工前的照片放上網站。雖然工作人員發現便立刻刪除了，但為時已晚。照片已經在部分粉絲間流傳開來了。」望月嘆了一口氣，將手機收回口袋。

「就粉絲而言，應該很高興吧，因為是出乎意料的大美女。」

「網路上也造成大騷動。我們想盡各種辦法要讓事情平靜下來，但對瘋狂粉絲沒有用。不僅沒有用，有些人甚至想盡辦法要見橘櫻本人。最近全國粉絲還交換情報，定期舉辦網友會。」

尚美腦海浮現目黑、犬飼等人的臉，心想他們就是網友會的成員吧。

「世上也是有這種怪人啊。」

「雖然是怪人，但他們的凝聚力不容小覷。他們甚至能查出我是責任編輯。日前還寄了請願書來我家，叫我讓橘櫻上電視節目。」

「怎麼會這樣……他們是怎麼查到的？」

「我也不知道。」望月偏著頭說：「這次把他送來飯店閉關也是，明明只有公司的少數人知道……」

「關於這件事，為什麼要讓玉村先生閉關呢？」

面對尚美的疑問，望月露出苦笑。

「因為他再不寫的話，我會很頭痛。我們請他寫一篇短篇小說，截稿日早就過了，可是他居然一個字也沒寫。橘櫻的新作是下個月雜誌的主打作品，沒有辦法撤掉，所以我也很焦急。包括今天，只剩四天的期限。這段期間他一定要寫出東西，不然真的會開天窗。偏偏玉村這個人，你只要稍微不注意，他就會不曉得跑到哪裡去了。迫於無奈才把他軟禁起來。」

「可是他也可能會從飯店溜出去吧。」

「妳說得沒錯。所以我們要常常來查勤。啊，對了，抱歉，我打個電話。」望月再度拿出手機，按了幾個按鍵便貼在耳朵上。「不好意思，能不能請幫我接住在 1205 號房的玉村先生？……我姓望月。」看來他是打去飯店。「啊，玉村先生，辛苦你了。想說你現在不曉得怎麼樣……哦，這樣啊。聽你這麼說我就放心了。那就麻煩你了……是，只有這件事。請你照這樣努力下去。那我不吵你了。」掛斷手機後，望月說：「他好像沒有溜出房間。」

原來如此，尚美懂了。即使在外面也可以打電話到飯店確認他在不在房間裡。

「編輯的工作真的很辛苦啊。」

「跟動物園的飼育員一樣。」望月一臉正經地說：「必須了解對方的習性，半哄半騙地誘導他才行。」

這時候笑好像有點怪，於是尚美回了一句「這樣啊」後繼續說：

「您的苦衷，我大致明白了。所以您希望我們怎麼做呢？如果是希望橘櫻的身分不要被拆穿，照現在這種情況來看，應該不用太擔心。因為在大廳監視的人，他們相信照片裡的美女確實存在。」

望月緩緩地搖搖頭。

「剛才我也說過，不可以小看這些人。為了和憧憬的女神見面，他們會不擇手段的。更何況不止他們五個人，極有可能還有其他的人，在飯店的內外做隱密活動。最怕的是房間號碼外洩。要是他們假裝成飯店人員敲門，而玉村先生開門的話……知道真相後，他們一定會群情激憤，在網路上揭露真相。這種事一旦發生，橘櫻的人氣會急速下降。不，不只是這樣，說不定還會因為太憤怒了而加害玉村先生。」

尚美倒抽一口氣。

「這種事……一定要避免才行。」

「對吧？其實我也有想讓他換飯店。可是碰到三連休想要連續住房，哪裡都訂不到房間……只好這樣硬撐了。」

「玉村先生知道那些熱情男粉絲的事嗎？」

望月的手在面前搖了幾下。

「詳細情況我沒跟他說。我不希望他捲入奇怪的騷動裡，以免妨礙他寫稿。」

「這樣子啊……」

「首先，無論如何請徹底守住這個祕密。其次，只要玉村先生有任何奇怪的動靜，請務必通知我。這兩件事，希望妳多多幫忙。」望月深深地低頭懇託。

看他這副模樣，尚美暗忖，動物園的飼育員也許比他好多了。

回家前，尚美看了一下櫃檯後面的辦公室，發現久我還在裡面。於是她把和望月的對話，簡單地向久我報告。

「原來蒙面女作家的真面目是中年大叔啊。這對出版社而言確實是最高機密吧。」久我興致盎然地說：「我知道了。我會跟午班和夜班說，把這個當作重要的連絡事項交接下去。」

「不曉得那五位男性會做出什麼事。」

「他們算是宅男集團吧。我也不知道，完全無法預測。我們只能隨機應變了。」

「說得也是啊。」尚美曖昧地點頭。畢竟要是能馬上做出應對解決的話，就不用煩惱了。

3

隔天早上九點，尚美繼續執行夜班交付的勤務。昨晚沒有出什麼問題，看來暫時可以放心。

尚美站在櫃檯環顧四周，沒看到目黑他們。會不會怎麼監視都看不到橘櫻因而死心了呢？

望月出現在電梯廳，看到尚美便輕輕點頭致意。

尚美離開櫃檯跑向他，低聲問：「怎麼了嗎？」

「我送早餐去給玉村先生，順便問他進度如何。稿子好像寫得很順利。」

「您去他的房間啊？」

「對啊，我去了。不過不要緊，我是一個人搭電梯。」

言下之意沒有被跟蹤。

「確實，今天沒有看到那幾位男性。」

「是啊，好像沒來。不過請不要因此就放心了。他們說不定在想什麼鬼點子。」

望月最後丟下一句「接下來也拜託了」便走了。

尚美暗忖，可是我們也很為難啊，不知道對方會怎麼出招，我們也束手無策。就這樣帶著困惑返回工作崗位。

上午十點過後，退房業務忙了起來，大廳也開始熱鬧起來，但依然不見那幾個男人的蹤影。這反而令人毛骨悚然。他們今晚應該也住在飯店才對。

這時，有個人走過櫃檯前面。尚美定睛一看便心頭一驚。因為那是玉村薰。他穿了夾克，弓著背從正門玄關出去了。

尚美很在意，他要去哪裡呢？會立刻回來嗎？

不過話說回來，看起來如此愚鈍的人，竟是風靡當下的人氣戀愛小說家，有誰想像得到？昨晚尚美回家途中，順道去了書店找到橘櫻的出道作品，並買回家看。原本帶著輕鬆的心情開始讀，不料卻徹底被高潮迭起的情節與目眩神迷的官能之美搞得神魂顛倒，就這樣一頁一頁讀下去。讀完之後已是隔天。尚美也終於明白，這位作家為何如此受歡迎。

尚美正在回想小說情節時，一旁的晚輩叫了一聲「山岸小姐」。她頓時一驚，趨身向前，前面正有位女性客人等著辦退房手續。

「對不起。」道歉之後，她拿起客人放在櫃檯上的房卡。

退房業務告一段落之際，久我叫尚美去辦公室。

「剛才宅配送來這個東西。」久我說完，拿了一個扁平的紙袋給尚美看。託運單的收件人寫著飯店地址與飯店名稱，然後附註「橋櫻（一橋出版，望月和郎預約）」。寄件人的欄位，寫的是別家出版社的名稱與男性的名字。內容物是「書籍」。

「這還真怪啊。」

久我點點頭。

「不過這該怎麼辦？說不定和宅男集團無關，真的是必須送到的東西。最好跟他本人確認一下。」

「可是望月先生說，不希望他本人出面。更何況現在，玉村應該不在房間裡。」

尚美跟久我說，她剛才看到玉村走出飯店，之後沒看到他回來。

「我找望月先生商量看看。他有交代過，有事要通知他。」尚美拿出手機，立刻按下裡面登錄的望月電話。

望月似乎看來電顯示就知道是她打來的，接起電話劈頭就問：「喂，我是望月。玉村怎麼了嗎？」

尚美向他說明宅配的事。望月沉吟半晌之後說：

「這就怪了。玉村並沒有跟這家出版社合作。若是單純的贈書，直接寄去他家就可以了，更何況玉村在這裡閉關的事，別的出版社不可能知道。」

「那麼，這該如何處理呢？」

「請先這樣放著。這件事情先別張揚，等我向本人確認一下。」

「好的，我明白了。」

掛了電話，尚美將望月的話轉告久我。

「果然是宅男集團搞的鬼嗎？可是寄這種東西來做什麼？」久我拿著紙袋一臉不解的樣子。

「搞不好是……」尚美將忽然想到的事說出來：「竊聽器？」

久我驚愕地睜大雙眼：「原來如此……」他臉上寫著「有可能」。

真是竊聽器的話，剛才的談話也被偷聽了吧？尚美回想和久我的談話內容。雖然說出玉村這個名字，但應該沒說他是男性，也沒提到幾號房。

久我也在想同樣的事，暫時靜默不語。他拿著紙袋，東張西望環顧四周後，將紙袋放進牆邊的櫃子裡並關上門。

「這樣就沒問題了嗎？」尚美悄聲問。

「總比什麼都沒做好。」久我也說得很小聲。

這時尚美的手機響了。是望月打來的。

「我問過本人了，他果然不知道這件事。他現在寫稿，不想讓任何人接近他，我過去妳那邊拿。在那之前，可不可以寄放在妳那裡？」

「當然可以。只是，裡面放的東西令人在意……」尚美用手掌包覆著話筒，低聲對望月說，裡面放的可能是竊聽器。

「這樣啊。這我倒是沒想到。」望月大感意外。

「該怎麼辦呢？」

「我知道了。那麼，請盡量放在沒人靠近的地方。工作結束後，我馬上去拿。」

「好的，我明白了。」

「拜託妳了。」

「望月先生，請問一下。」尚美有件事耿耿於懷。「請問玉村在房裡嗎？」

「在啊。除了房間清掃時間，他從早上一直都在工作，很拚呢。」

「從早上一直……」

「是啊，有什麼問題嗎？」

「沒有，沒有問題。不好意思。」

掛掉電話後，尚美將望月的意思告訴久我。

「沒人會靠近的地方啊。這要放在哪裡好呢？」久我摸摸下顎。

「事務大樓的會議室如何？在門口貼張字條，應該沒人會進去。」

久我彈了一下手指。

「這個好。看看使用行程表，放在沒有在用的房間。」

「我知道了。」

尚美從櫃子取出紙袋，走出辦公室。走在工作人員專用通道時，不由得側首尋思。上午穿夾克走出正門玄關的人，確實是玉村薰。沒有看錯。不過他後來是不是立刻回來了？只是我看漏了？

尚美走到事務大樓，二樓的會議室今天沒有使用預定。因此尚美將紙袋放在桌上，在門口貼上禁止進入的貼紙。

之後便返回櫃檯繼續工作。下午兩點過後，住房的客人陸續抵達。

尚美在辦理手續時，一旁的久我輕拍她的側腹，然後稍稍轉動下巴，將視線投向遠處。意思是叫尚美看那邊。

尚美循著久我的視線看過去，看到那個五人組，一群人正在移動。以目光追過去，他們不是走正門玄關，而是從大廳的側門出去。究竟要去哪裡呢？

尚美和久我面面相覷。久我偏著頭低聲說：「其實剛才警衛室跟我聯絡，說監視錄影器拍到幾個形跡可疑的人，要我過去看畫面。」

「就是那些人？」

久我點頭：「沒錯。」

「他們做了什麼可疑的事？」

「他們腳步緩慢地在每一層樓閒晃。」

「每一層樓……是在找橘櫻吧？」

「有可能。可是通常會待在走廊，等待對方出現吧。」

「真是怪了。」

「但他們只是在走廊走動，我們又不能叫他們不要走。我已經拜託警衛人員持續關注他們。」

之後過了約一小時，五人組回來了。他們的表情令人一驚，因為每個人都眉開眼笑，連表情不太有變化的目黑也露齒而笑。

他們拎著超商的塑膠袋。遠望看不太清楚，可能是打算在房間吃偏晚的午餐吧。

「他們在幹麼呀？」久我在尚美耳畔低聲沉吟。

「不知道。」尚美也只能偏頭聳肩。

接下來沒發生特別奇怪的事，唯有望月來電，說因為工作關係晚點才會來拿東西。

時間就這樣過去，快到下午五點與夜班交接時，尚美整理好必須交接的資料，正想去後面的辦公室，看到一個人從正門玄關進來，她霎時心頭一驚。因為那個人是玉村薰。他神色慌忙地穿越大廳，消失在電梯廳。

尚美愕然地看著這一幕。這究竟怎麼回事？根據望月所言，他一直在房間裡。難道他這次也是只出去一下子就回來了，只是自己沒看到他出去？

怎麼想都想不通，尚美心想先去辦公室吧，就在此時，五人組出現在電梯廳。尚美心頭一驚，擔心他們中途有沒有碰到玉村。但仔細想想，他們彼此應該完全不認識。

五人組由目黑帶頭來到櫃檯。尚美笑臉相迎：「怎麼了嗎？」

目黑將兩個房間的房卡擺在櫃檯上。

「我們今晚也住在這裡，可是我們想換房間。」

尚美依然面帶笑容，但擺出應戰姿勢：「現在的房間有什麼問題嗎？」

「沒什麼問題，我們只是想換別的房間。」

目黑回答後，犬飼在後面補了一句：

「我們會付追加費用。」

「您的意思是，房間要升級是嗎？」

「沒錯，就是這樣。」目黑說：「雖然不知道那邊的房間怎麼樣，不過我想應該很特別。」

「那邊的房間指的是？」

「就是別館啊。」犬飼再度插嘴：「隔壁那棟建築物。」

「啊？」尚美不懂他們在說什麼。「請問是什麼意思？」

「意思就是！」犬飼氣勢逼人地走到前面：「把我們的房間改到別館那邊去！」

「別館……是嗎？」

「對！只要付錢就沒什麼好抱怨的吧？」

五個男人以同仇敵愾的眼神瞪著尚美，氣尚美為何不能立刻答應他們的要求。

尚美知道內情所以很想笑，但不能笑出來。

「不好意思，各位可能誤解了。本飯店的別館並沒有住房設施。」

「為什麼？旁邊那棟建築物明明掛著『東京柯迪希亞飯店別館』的招牌……」

「那裡面設置的是管理部門和事務部門，當然沒有能提供給客人住宿的房間，也沒有餐飲部或商店之類的設施。若因招牌引來誤會，我在此誠心地向各位致歉。」尚美深深一鞠躬。

五個男人不約而同地張著嘴巴愣在那裡。他們滿懷鬥志來到櫃檯結果卻期待落空，頓時不知所措。

「各位能諒解了嗎？」尚美問。

「那裡真的沒有房間嗎？沒有半個客人住在那裡？」目黑固執地不肯罷休。

「沒有。沒有任何客人住在那裡。」

男人們面面相覷。每個人的表情都很鬱卒。

「好吧，那就算了。」目黑說完就和其他四人一起走向電梯廳。

尚美一邊目送他們離去一邊暗忖，搞不好跟那個宅配有關。那個紙袋現在就放在事務大樓，也就是東京柯迪希亞飯店別館的會議室。

尚美正在思索這些事時，望月打電話來說他工作告一段落了，現在要來拿東西。尚美心想，來得正是時候，於是和昨天一樣請他來到事務大樓的玄關。

和夜班交接後，尚美在事務大樓等待。望月準時出現。尚美帶他去二樓的會議室。

「這確實有點詭異。」望月拿著紙袋說。

「其實啊……」尚美低聲將剛才和目黑他們的對話告訴望月。

「他們要換房間……這樣啊。」望月頻頻點頭後，將紙袋收進自己的包包。「我接下來要去秋葉原。」

「秋葉原？」

「我認識一個對無線通訊和竊聽器很熟的人。我要把這個拿去給他看。山岸小姐，妳要回家了嗎？」

「今天的工作結束了……」

「這樣啊。如果妳能等我一小時，我就能把結果告訴妳。」

「我明白了。既然這樣，我就等您吧。」

等望月來電之際，尚美在員工餐廳吃晚餐。吃完晚餐又過了一會兒，望月來電了。兩人再度約在事務大樓見面。

「妳猜得差不多。」望月看著尚美的臉說：「袋子裡放的雖然不是竊聽器，但藏了發訊器。只要用週波吻合的收訊機，就能知道發訊地點。」

「啊，所以……」

這樣就能理解目黑他們的行動了，這也說明了他們為何在飯店走廊走來走去。他們是在用收訊機在搜尋發訊器。

「他們可能找到紙袋在這棟建築物裡，所以認為橘櫻也一定在這棟建築物裡。」

「我想起來了，他們從外面回來的時候，一臉喜孜孜的模樣。可能是認為終於找到橘櫻。」

「謝謝妳通知我，幫了我一個大忙。接下來也請多多幫忙。」

「能幫上忙真是太好了。倒是，您接下來要去哪裡？」尚美問。因為望月拎著一個很大的白色塑膠袋。

「我要幫玉村先生送晚餐。要是他給我點了昂貴的客房服務，我可受不了。」

「您要去他的房間啊？」

「是啊，我也想知道他稿子趕得如何？」

「這樣啊……」

望月覺得尚美的表情怪怪的，於是問了一句：「怎麼了嗎？」

「玉村先生一直在房裡工作吧？」

「對啊，他應該一步都沒有走出去。下午我也打過一次電話給他，他確實在房間裡。有什麼問題嗎？」

「沒有，只是覺得真的很辛苦。」

「雖然有點可憐，但也沒辦法。畢竟對我們來說也是工作。」

望月最後說了「那就這樣」便起身告辭了。

4

翌晨，離交班還有一點時間，尚美決定去巡視大廳。她從菜鳥時代就被交代，有空的時候要在飯店內走走，看到需要幫忙的客人就要主動上前關切。

尚美看到手扶梯旁有人影，便走過去看看，結果是玉村薰。他一手插在口袋裡，一手拿手機貼著耳朵。

「我不是跟你說，我有事情，晚上不行啦……私人的事情……就說跟你無關嘛。總之我現在立刻過去。在那之前拜託你了……對，兩點在八王子的田中先生那裡。我知道啦，我沒忘。那裡的會議，我會出席啦。那就拜託了。」

玉村講完手機便立刻朝正門玄關走去，就這樣出去了。

尚美又一頭霧水了。兩點在八王子的田中先生那裡──他確實是這麼說。這究竟怎麼回事？

交班時間到了，尚美帶著難以釋懷的心情站在櫃檯。即使在工作也不自主的看向正門玄關。實在沒辦法，她太在意玉村幾時回來。

就這樣到了近午時分，目黑他們從電梯廳走了過來。他們住兩晚，今天要退房。目黑等人擺出一張臭臉，將鑰匙放在櫃檯上。可能是目的沒達成所以心情很差吧。

「請問有沒有吃冰箱裡的東西？」

尚美只是照例問問，目黑卻口氣很衝地回答：「沒有！」尚美在心裡嘀咕，畢竟都吃超商買回來的東西嘛。

結算的結果，他們的應付費用比之前收的押金少很多。尚美將金額不少的零錢與收據放在托盤上遞給他們。

「感謝各位這次入住本飯店，衷心期盼您的再度光臨。」尚美說完行了一禮。找的錢由目黑收下。尚美心想，這筆錢分給五個人，又得花很多時間吧。

雖然瞬間也想到，他們該不會又坐在大廳不走？但他們卻默默無言地走出了正門玄關。尚美安心之餘呼了一口氣。

這時有人從背後拍她的肩。是久我。

「看來他們乖乖撤退了。」

「能夠履行和望月先生的約定太好了。」

「終於解決了一件事啊。我幹這一行很久了，頭一次碰到這種人。真是上了一課啊。」久我露出苦笑。

「真的。」尚美同意久我的看法，但內心依然有疙瘩。當然是玉村薰的事。他出去之後，似乎還沒回來。

工作告一個段落後，尚美打電話給望月。想說宅男五人組已退房的事，還是通知他一下比較好。

「這樣子啊，真是太好了。可以稍微放心了。」聽了尚美的話，望月笑嘻嘻地說：「這樣我去看玉村先生時，也不用再偷偷摸摸了。」

「今天早上您也見到他了嗎？」

「見到了呀。因為我每天都得送早餐和午餐去。今天早上是八點半去的，他果然一臉睡眼惺忪。」

尚美在大廳看到玉村打電話是稍後的事。

「玉村先生的工作進行得還順利吧？」

「普普通通。剛才我還打電話問他情況。」

「您剛才打了電話給他？」

「對啊，果然被罵了一頓，他說我也太緊迫盯人了。哈哈哈。」

「您是打去他的房間嗎？不是打他的手機？」

「當然是打去房間。打手機就沒意義了。這有什麼問題嗎？」

「沒有，只是覺得您真的很辛苦啊。兩人都很辛苦。」

「不會不會，工作嘛，沒什麼。謝謝妳跟我聯絡。」

「不客氣。」掛了電話後，尚美看看時鐘。下午兩點多。玉村有說八王子什麼的，難道他又忽然回來了、現在在房間裡？

尚美出神地想著，忽然察覺有人來，抬頭一看，一位穿著灰色西裝的年輕男子走了過來。

「不好意思，有件事想請教妳。這是我的名片。」

他將手伸入西裝內袋，掏出一張名片。上面印著「灸英社股份公司，文藝書籍編輯部，今村祐二」。「灸英社」是知名出版社。

「請問現在，『一橋出版』的……」今村說到一半打住了，可能是因為尚美的表情變了。尚美的眼睛看著從正門玄關跑來的男人們。以目黑為首的五人組回來了。

今村也回頭看，頓時嚇得身子往後仰：「咦？怎麼回事？」

目黑他們筆直地朝尚美這裡跑來，卻抓住今村的手。

「你是灸英社的今村先生吧？」目黑問。

「呃，是的……」

「求求你。橘小姐……讓我們見橘櫻小姐。」

「啥？你在說什麼？」

「我們是認真的。只要看一眼就好。求求你，我向你下跪！」目黑真的跪了下去，還開始磕頭。其他四人也跟著下跪磕頭，齊聲說：「求求你！」

「喂，你們這是幹麼？別這樣。」今村嚇得後退幾步。

大廳的門房人員聽到騷動也紛紛趕來。

「對不起。在這裡會妨礙其他客人，能不能請各位去別的地方？」門房領班對目黑他們說。

「不要！見不到橘小姐，我們不走。」目黑打死不退。

門房領班對部下們使了個眼色。於是幾名門房小弟一邊說著客氣的話，一邊使勁將五個人拉起來，硬是把他們帶出正門玄關。

今村看到他們被帶出去後鬆鬆領帶。

「啊，嚇死我了。他們是什麼人啊？」

「對不起。他們是到今天早上為止，住在本飯店的客人……」

「我想起來了，望月先生說過，有一群橘櫻的狂熱粉絲纏著他們，他說的就是這些人嗎？」

「您認識望月先生？」

今村點點頭。

「這間飯店就是望月先生跟我說的。他說有事想拜託橘櫻小姐的話，可以直接來這裡找她。」

「這樣啊，原來是這麼回事。」

「所以呢，不好意思，能不能幫我撥個電話給橘小姐，就說有個『灸英社』的今村來找她就行了。」

「好的，沒問題。」

尚美拿起旁邊的話筒。玉村薰的房間是 1205 號房。她按下這個號碼，一邊也很好奇今村知道橘櫻的真面目嗎？

電話鈴聲開始響。就在此時，今村忽然往櫃檯探出身來，伸長手臂一把搶走尚美手中的話筒。速度快到尚美連尖叫都來不及。

今村將話筒貼在耳朵，將電話線拉到極限，退到後面去。

「你在幹什麼？請不要這樣！」尚美伸手想搶回話筒，但是搆不到。

「妳是橘櫻小姐吧？」電話似乎接通了，今村開始說話：「冒昧打擾，不好意思。我是妳的粉絲……只是個不足以報上姓名的小粉絲。不過我希望妳能記住這一點，我永遠支持妳……我才應該向妳道謝……好，那就這樣。」今村語氣淡然地說完後，凝視著話筒。

門房領班再度臉色大變地跑過來。但尚美一臉笑容對他說：「不要緊。」然後收下今村交出的話筒。

「你跟他們是一夥的吧？完全被你們騙了……」

「這是最後的手段。要是見不到的話，聽聽聲音也好。所以只有我沒住飯店。」

「聲音……聽到了嗎？」

「聽到了。我也要讓大家聽。」他出示手中拿的東西。那是錄音機。剛才的對話都錄下來了。「聲音和我想像的一樣，不，超乎我想像地迷人。宛如少女般的聲音。」

「咦……」

「對不起，給妳帶來很大的困擾。」今村再度深深鞠躬。

「以後請別再做這種事。」

「好。真的很抱歉。」

今村轉身往正門玄關走去。那個五人組就站在前方。今村舉起右手，對他們比出勝利手勢。五人組看了之後擺出萬歲姿勢。

「徹底被他們打敗了啊。」久我走過來說：「不過應該也沒關係啦，只是聽個聲音。」

「不過很奇怪，跟他講話的人究竟是誰？」

「說得也是哦，究竟是誰？」久我也感到不解。

尚美陷入沉思，終於想到了一個假設。只有這個可能性。

於是她走出櫃檯前往總機室。

5

下午快六點時，玉村薰從正門玄關進來。這時櫃檯已交給夜班，在大廳等候的尚美看到玉村薰進來，連忙走向電梯廳。無論如何，一定要比玉村先抵達房間。

她搭電梯到十二樓，走進走廊，在1205號房門口止步，輕輕敲門。

門往內側打開，探出臉的人看到尚美，驚愕地睜大眼睛。

「對不起，打擾您休息。」尚美鞠躬道歉，接著說：「想跟您確認一件事，能否佔用您一點時間？」

對方面露困惑地靜默不語。

年齡約十六到十九歲，可能是高中生吧。比尚美想像中年輕很多。看起來很樸素，是個清爽潔淨的少女。

這時玉村薰出現在電梯廳，帶著一臉疑惑走了過來。

尚美對他行了一禮：「您回來啦，玉村先生。」

「怎麼了嗎？」他問房裡的少女。

「有人敲門，我以為是爸爸……」少女答道。

尚美露出微笑，看著玉村說：

「關於您使用房間的方式，我有點事想請問。」

玉村尷尬地咬著嘴唇，輕輕點頭：「那麼，到房裡說吧。」

「不好意思，打擾了。」

尚美和玉村一起步入房裡。裡面並排著兩張床，床的對面有一張書桌，書桌上擺著筆電和幾本書。

少女在桌旁的椅子坐下，玉村則坐在沙發上。

「這個房間是雙人房。」尚美站著說：「原本就是提供兩位客人入住，但也可以住一個人，也就是所謂的單人使用，當然費用也不同。這次望月先生訂房時說的是單人使用，但從各種情況看來，這個房間似乎是有兩個人在使用，所以我過來確認一下。若要把單人使用改為雙人使用，我會盡速補辦手續。」

「哦，呃，這有點傷腦筋。」玉村舉起一隻手。「我希望妳能別把這件事跟望月先生和一橋出版社說，需要加錢的話，我會另外支付。所以在手續上，能不能依舊維持單人使用？」

尚美交互看著兩人。剛才少女叫玉村「爸爸」，所以兩人應該是父女吧。仔細一看，兩人的眼睛確實很像。

「看來您好像有什麼苦衷？」

「是啊。」玉村喃喃地說。

「如果可以的話，能不能說給我聽？若今後也會像這樣入住本飯店，我們也能知道該提供什麼協助。當然如果沒這個必要的話也不用勉強說。」

玉村一臉痛苦地開口：「妳知道到什麼地步？」

「我只知道望月先生跟我說的，作家橘櫻的真實身分是玉村先生，為了專心執筆而入住本飯店，只有這樣而已。不過，其實有點出入吧？」

玉村點點頭，以下顎指向女兒。

「橘櫻的真實身分並不是我，而是她。」

「是令嬡？」

「對，就是小薰。」

「啊，所以薰這個名字是……原來是這樣啊。」

「我的名字是總一。薰這個名字不太像我吧。」玉村搔搔頭。

據他所言，小薰才十七歲。可能因為年幼時母親因病過世，使她看來比較早熟堅強，她的言行舉止有時甚至比父親更成熟。從小喜歡看書，學校成績也很好。

後來她開始寫小說，希望自己寫的小說有人讀，於是投稿參加新人獎。結果出版社寄來通知，她的小說入圍最後的遴選。總一正好看到這份通知而大吃一驚，因為他完全不知道女兒在寫這種東西。於是他去翻找女兒的抽屜，看到列印出來的小說。標題正是這部入選的小說。

「讀了小說之後，我更吃驚。那是很誇張的情色小說。」

「才不是呢！」剛才一直低頭的小薰抬頭抗議。

「可是裡面有很多男人跟女人的床戲吧。」

「那是必要的呀。彼此相愛的話，當然會做這種事吧。爸爸自己還不是在做。」

「可是有程度之分吧。」

「爸爸你不懂啦。再說你擅自打開我的信，又翻我的抽屜，擅自讀我的稿子，身為一個人這是最低級的。」

「少囉唆。擔心女兒有什麼不對。居然罵我低級！」

「玉村先生，息怒息怒。」尚美連忙打圓場。「我也很明白令嬡的心情。而且我也讀過她的小說，受到很大的感動呢。畢竟每個人對藝術的看法不同。」

玉村愁眉苦臉地說：

「或許是這樣，但身為父親還是會排斥啊。我不想讓世人知道自己的女兒寫那種東西。坦白說，我真不希望她得獎，不，我一直祈禱她不要得獎。」

「可是，她很光榮地獲獎了。」

玉村皺起一張臉，點點頭。

「小薰跟我說她得獎時，我眼前一片黑暗。而且出版社的人會來恭賀不是嗎？那時我甚至想讓他們取消得獎。」

「所以您才代替女兒……」

「因為那時候我想，如果他們知道是我這種大叔假裝女人寫的，就一定會取消得獎資格。」

「可是望月先生說，不可以這麼做。」

「就是啊。所以結果還是得獎了。不過，至少小薰本人不用拋頭露面。因為望月先生把橘櫻打造成一位蒙面作家。」

「也就是說，您負責和望月先生聯絡討論，執筆寫稿則由令嬡負責，是這樣吧。」

玉村皺著臉，搔搔眉毛上方。

「因為她還是個高中生，還有很多事情要做。不過書賣得好，家裡多了一份臨時收入，我確實也很感激。真的是左右為難啊。」

「這次的閉關，您沒有拒絕啊？」

「因為是早就答應的事。答應在截稿日前寫完，可是剛好和小薰的高中期中考撞期，所以才趕不出來。」

「不可以在家裡寫嗎？」

「我要是這麼說，望月先生會每天來我家喔！這就頭痛了。因為我家是土木工程店。這樣他就會知道小說不是我寫的了。」

原來如此，尚美明白了。

「所以您才和令嬡住在這裡，白天您就出去工作，是吧？」

「沒錯。這次剛好碰到三連休，小薰的高中也放假。望月先生早上和晚上會來，那時我就叫小薰躲在浴室裡。」

「真是辛苦啊。您指定房間的打掃時間，也是為了不讓清潔人員看到令嬡吧？」

「沒錯。」

「不過，有件事我不太明白。望月先生時不時會打電話來這個房間，可是他說，每次都是玉村先生接的電話。」

「哦，那個啊。」玉村笑咪咪地說：「很詭異吧。妳猜是怎麼弄的？」

「我也有我自己的猜測。」

「哦？說來聽聽。」

「從外面打電話來飯店時，總機會接電話。若對方要和住房客人講話，總機不會立刻轉給住房客人，會先打電話給住房客人，告訴他誰誰誰希望和他通電話，問他願不願意。如果客人願意，總機才會把電話轉過去。望月先生來電時，應該也是經由這樣的手續。您不在的時候，總機打來的電話是令嬡接的。令嬡可能一邊接電話，另一隻手在打手機吧。當然她是打去您的手機。」尚美拿起房裡的電話話筒，用另一隻手打開自己的手機。「然後您接手機之後，她就像這樣把自己的手機貼在話筒上。」尚美將手機的說話口和收話口倒過來，緊貼在話筒上。「這麼做的話，無論您在哪裡，都能和望月先生講電話——我有說錯嗎？」

玉村打直背脊，雙手交抱於胸前。

「妳說得沒錯。真令人震驚啊。專業的果然不一樣。」

「不過幾個小時前，出了一點問題。」

尚美將今村事件說給玉村聽。

「那時我打的是內線電話，沒有透過總機。搶走我話筒的男性，和這個房間裡的人直接通話了。他說是個聲音迷人的女性，並覺得很感激——那時候，妳嚇了一跳吧？」尚美問小薰。

「我非常慌張。」小薰回答：「因為對方突然說，他是我的粉絲，我不知道怎麼辦，只回了一句謝謝。」

「雖然只是一句謝謝，他就很滿足了。因為他沒想到，居然能聽到橘櫻小姐的聲音。不過也因此我才察覺到，這個房間除了玉村先生，可能還有另一個人。於是我去總機室確認，證明我猜的果然沒錯。負責轉接這個房間外線電話的接線生說，經常有個女性接電話。」

玉村甩甩頭說：

「真厲害！妳轉行當刑警比較好喔！」

尚美笑說：「您真愛開玩笑。」

「全部就如妳所說的。我已經沒有隱瞞任何事情了。不過我想跟妳商量一下，剛才講的事，請務必保密。求求妳。」玉村雙手抵著膝蓋，深深地垂下頭。

「玉村先生，請抬起頭。」尚美說：「我們絕對不會洩漏客人的隱私。您大可放心。至於住宿費用的結算方式，我會和主管商量。」

「這樣啊。聽妳這麼說，我就放心了。」

「不過玉村先生，恕我僭越，我想請問您一件事。這種事情，您打算持續到什麼時候？遲早有一天會走到極限。」

玉村一臉痛苦地歪著嘴。

「這個我也知道啦。但至少小薰還在念高中的時候不行，至少要隱瞞到她成人為止。之後就交給她本人決定。不過不知道她能不能繼續當作家到那個時候就是了。」

「我會繼續當作家。」小薰以強而有力的語氣說：「我還有很多想寫的東西。」

「我也很贊成交給令嬡決定。在那天到來之前，有什麼我們幫得上忙的，請儘管說。在能力範圍內，我們會盡力協助。」

「妳會幫我們隱藏真實身分吧？」

「當然。守護客人的假面是我們的工作。」尚美語畢側首尋思，接著又說：「不，不是假面，應該是蒙面吧。」

父女都笑了。兩人都露出解除戒備的輕鬆表情。

尚美離開房間後走在走廊時，手機鈴聲響起，是望月打來的。

「雖然這件事和山岸小姐無關，但因為受到妳很多照顧，想要跟妳說一下。」望月語氣激動地說。

「出了什麼事嗎？」

「已經查出來了。那些人為什麼知道我是橘櫻的編輯，包括我的個人資料，還有橘櫻在這裡閉關趕稿的事，究竟是誰洩漏給那些宅男？其實是有間諜。」

「間諜？」

「他們其中的一個夥伴，從今年夏天混入我們編輯部雇用的打工人員裡。但他似乎不知道橘櫻的真實身分。」

「怎麼知道他是間諜？」

「是他自己向我們招供的。可能是內部在進行調查，他知道遲早會穿幫吧。當然我們把他開除了。據他本人所言，雖然沒能見到橘櫻，但已達到目的，所以很滿足。這指的到底是什麼呢？」

尚美心頭一驚。一定是那個自稱今村的男人。

但她沒有說出今村把玉村薰的聲音錄下來的事。必須保護玉村父女的假面才行。

「出了這麼多事，真是辛苦您了。」尚美說。

「也給山岸小姐添了很多麻煩。以後可能還有機會像這樣住進你們的飯店，到時候還請海涵，多多關照。」

「好的，當然沒問題。期待您下次光臨。」

掛了電話後，尚美忍不住露出微笑。望月在幾年後看到自己一手打造的蒙面作家脫掉假面時，會是什麼表情呢？光是想像就覺得很有趣。

假面前夜

1

一對男女從正門玄關的自動玻璃門走進來，兩人看起來都是二十五歲左右，兩人的穿著都是T恤加牛仔褲，非常稀奇似的環顧大廳後走向櫃檯。

現場有三位櫃檯人員，其中一位是新手。這對男女走到新手櫃檯人員面前。男子開口說：「我是剛才打電話訂房的人。」後報上姓名。口音有關西腔。

新手櫃檯人員開始操作手邊的終端機，確認畫面後問男性客人：「讓您久等了。您訂的是雙人房，從今天起住一晚是吧？」

「是的。」男性客人回答後，面帶笑容和身旁的女性互相點頭。

新手櫃檯人員遞出住宿登記表，請男性客人填寫。男性客人在填寫之際，新手櫃檯人員在挑選房間，動作相當流暢。兩個星期前，他做起來還顯得生澀僵硬。

男性客人填寫完畢。

「謝謝您。您在預約訂房時說要以現金支付，這一點沒變嗎？」

「沒變。我付現金。」年輕男性客人立即回答。

「好的。那麼能不能請您先付三萬圓的押金？」

新手櫃檯人員這麼一說，男性客人臉色驟變：「蛤？為什麼？」

「這是保證金。當然退房時，我們會歸還差額。」

「咦？這我可沒聽說。」

男性客人皺起眉頭。新手櫃檯人員覺得不可能，因為當日預約的電話是櫃檯接的，一定會向客人說明押金的事，這是規定。可能是客人聽漏了。

「住宿費不到三萬吧，為什麼押金要付三萬？」

「這是因為……您可能會使用其他東西。例如冰箱裡的飲料。」

男性客人大手一揮。

「我才不會喝那種東西。要喝的話，我會去超商買。要是現在付了三萬圓，我的錢包就空了。」

「那麼……能不能讓我們預刷信用卡？實際結帳時用現金支付就可以了。」

但男性客人猛搖頭。

「我就是沒有信用卡才付現呀。住宿費大概兩萬吧，那收兩萬就可以了吧？」

這個新手會如何應對呢？——山岸尚美在一旁聽著他們的對話，暗自心想。這對情侶今晚的預算大概三萬圓吧。男性客人的意見，以折衷方案來看算是不錯。

「我明白了。」新手櫃檯人員似乎下定決心地說：「那麼押金就收兩萬圓——」當他要繼續說下去時，尚美從旁插嘴：「不，不用收。不用收押金。」

男性客人一臉困惑，交互看著尚美與新手櫃檯人員。

「可以不用付啊？」

「是的，不用付。一直在意錢的事，想必也無法安心用餐。請您放心，好好享受大阪之夜。萬一現金不夠付住宿費的話，日後我們會寄請款單給您，到時候您只要匯款過來就行了。」

「啊……這真的幫了我一個大忙。不過，真的可以嗎？」

「可以。我們相信客人。」

尚美對新手櫃檯人員使個眼色，意思是叫他趕快準備房卡。

「兩位這次蒞臨本飯店，是有什麼特別紀念日嗎？」尚美看著這對年輕男女。

「哦，對啊。」男性客人露出靦腆的笑容：「今天是我們的結婚紀念日。」

「這真是太恭喜兩位了。希望你們有個美好的夜晚。」

「謝謝。」小倆口齊聲道謝。

新手櫃檯人員將房卡放進紙袋，擺在男性客人面前並說明：「我們為您們準備了1608號房，在十六樓。」然後向在一旁待命的門房小弟招手，將房卡交給他。「請好好休息。」語畢深深一鞠躬，目送這對夫妻離去。一旁的尚美也鞠躬致意。

剛才一直繃著臉的男性客人終於露出笑容，挽著手的妻子也喜上眉梢的模樣。

夫妻離去後，新手櫃檯人員問尚美：「妳怎麼知道今天是紀念日？」

「我是從口音猜的。你看看剛才的住宿登記表。」

他拿出住宿登記表，上面住址寫的是奈良縣。

「果然是住在關西的人。搭電車頂多一小時的距離。若不是什麼特別理由，不會花一晚好幾萬，住進大阪的飯店。但他們還是來了，可能是想住住新開幕的飯店吧。不過當天預約實在令人在意。不是明天也不是後天，想必有什麼非得今天入住的理由。也就是說今天是重要日子，應該事先準備什麼活動才行，可是男方不小心忘記了，所以才連忙預約飯店房間——我是這麼想的。」

新手櫃檯人員睜大雙眼。

「原來如此，妳說得很有道理耶。這麼說的話，是生日或結婚紀念日……」

「生日的話，還是會買生日禮物吧。我覺得應該是結婚紀念日，因為那位小姐的無名指戴著兩個戒指。」

「兩個戒指？」

「結婚戒指和訂婚戒指。」

「啊！」他用力點頭。「山岸小姐看得真仔細。」

「不過我也被主管提醒過，不要一直盯著客人看。你懷疑他們是霸王房客嗎？」

霸王房客——沒有辦理退房手續就賴帳逃跑的客人。

「倒也不是，只是當天預約卻沒付押金，覺得不太保險。所以想說至少先收個兩萬圓也好……」

「結婚紀念日，如果錢包只放著一張萬圓鈔票上街去，總是有點寒酸。儘管不打算花超過一萬圓。既然相信客人，就要徹底相信。不可以半調子。」尚美用手背敲敲新手櫃檯人員的側腹。

新手櫃檯人員縮著脖子，低聲回了一句：「知道了。」

大阪柯迪希亞飯店開幕後，轉眼間也快一個月了。員工們的工作情況也終於有一種從容感。尚美放心地暗忖，照這樣下去，應該能照原訂計畫在年底前返回東京吧。

開幕前一個月，尚美奉命來大阪支援。而且是東京柯迪希亞飯店的藤木總經理直接下的命令。

「雖然員工的事前教育做得很好，但畢竟經驗不足，這一點是不能否認的，所以大阪分店向我們請求支援。不好意思，在他們上軌道之前，妳能不能過去幫忙？」

藤木向來很照顧尚美，既然是他的命令，尚美也不能拒絕。但仔細聽了藤木的話，心情不免沉重起來。因為不是單純過去支援，還要兼任教育新手的任務。

「我不太擅長教育這種事。不，甚至可以說很棘手。」

「這就怪了。客房部長和櫃檯經理都沒有向我報告這種事。我聽到的只有妳給晚輩的建議中肯易懂且不妥協。雖然多少有點過於嚴厲。」

尚美覺得被踩到痛處。

「我並不是故意要嚴厲，只是不由得講話會重了點。所以，他們都討厭我。」

「哈哈哈！」藤木開懷大笑。

「擔任教育工作就是這樣。不過，偶爾去別的職場看看也不錯。對於自我提升也有所幫助，妳就去那裡奮鬥幾個月吧。」

看來藤木的心意還是沒變。尚美也只能死心，簡短應了一聲：「好。」

但來到這裡之後，很多事情讓她覺得來對了。雖然客人一樣來自全國，但和來東京飯店的客人有些微妙的不同。尚美認為，大概是對這塊土地的期待不同吧。譬如外地人因工作來到東京，總有一種挑戰日本的氣勢；但造訪大阪的人就不太有這種感覺，反倒想在這裡追求一種親切感。這種差異也反應在客人的提問上。尚美來到這裡以後，經常被客人問：「請告訴我好吃的店。」而且問的不是高級料理店，大多是章魚燒、大阪燒或烏龍麵之類的小吃。換言之，這是外地人來到大阪，對這塊土地期待的代表性事物吧。也因此，尚美來的第一週就對飯店周邊的美食小吃瞭若指掌。

如此尋思之際，一位女性客人走向櫃檯。她上半身穿著無袖灰色針織衫，下半身穿著強調腿部修長線條的緊身牛仔褲，長髮稍微過肩，肩上揹著一個大型帆布包，看起來約三十歲，但氣質冷靜沉著，讓人覺得年紀可能要再大一點。總之是個很出色的美女。尤其那雙漆黑瞳眸散發出的眼神，有種令人驚愕的神祕感。

這位女性客人以有些沙啞的聲音報上姓名。

尚美操作終端機，快速瀏覽畫面，立即找到她說的名字。

「您訂的是商務客房，從今天起住一晚是吧？」

「是的。」她回答。

「那麼請填寫住宿登記表。」尚美遞出住宿登記表與原子筆。

這時，尚美聞到一股香甜芳郁的香氣。絕對不是令人討厭的香味。甜郁中帶著一種紅茶般的優雅。

「怎麼了嗎？」由於尚美停下動作，女性客人問。

「沒有，沒什麼。因為您身上有一種非常優雅的香氣飄過來。是玫瑰嗎？」女性客人的表情柔和了起來。「對，玫瑰。是不是噴太多了？」

「不會，完全沒有這種事。是我失禮了。」

完成必要的手續後，尚美將房卡遞給她。門房小弟要帶她去房間，但她婉拒後獨自走向電梯廳。可能是習慣這樣住房吧。

之後陸續來了許多住房客人辦理住房手續。氣氛頗為熱鬧。以目前的情況來說，大阪柯迪希亞飯店算是成功了。但仍不可粗心大意，畢竟還有一些空房。雖然開幕不久，但希望平日也能接近滿房。

尚美想到明天的會議便憂鬱起來。到任的總經理是個體育型、充滿活力的野心家。日前因為業績停滯不前，竟叫大家複誦奇怪的口號。使得尚美心神不寧，擔心住房客人會不會聽到。想到明天開會或許又會被迫唸那種口號，她就很想逃之夭夭。

翌日，尚美八點半到班。因為夜班移交給日班的時間是上午九點鐘。

交班結束後，尚美站到櫃檯。不久一名男子走過來，年齡約四十多歲，但體格非常精實，可算是型男。可能是因為戴眼鏡的關係，看起來頗具知性。留著稀疏的鬍子，但沒有不乾淨的感覺。

「您要退房是嗎？」

「嗯，麻煩妳。」他將房卡放在櫃檯。

尚美操作終端機，進行退房手續。這名男性客人去過酒吧，費用加在房費裡，此外也叫了客房服務。

尚美將明細表列印出來，遞給男性客人。他看了一眼，點點頭。

男性客人刷卡付帳。尚美將信用卡明細單與收據放入信封袋交給他：「感謝您的光臨。由衷期待您再度蒞臨。」

他說了一聲「謝謝」便轉身離去。邊走邊打開包包，把從尚美那裡收到的信封袋放進去。就在此時，他忽然停下腳步，又折回櫃檯，臉上帶著苦笑。

「怎麼了嗎？」

「我不小心把這個東西放進我的包包裡。」語畢，他拿出的是一條白色毛巾。這是飯店的東西。「可能是我在收拾換洗衣服時，不小心放進去了。妳可以幫我歸還嗎？」

「當然可以。」尚美收下白色毛巾。毛巾有點濕。「您對本飯店的服務，有沒有什麼問題？」

「沒有，我覺得很好，非常滿意。」他露齒而笑，猶如在說服自己般點點頭：「雖然只住一晚，卻是個令人回味的夜晚。」

「聽您這麼說，我就放心了。以後也請多多關照。」

「彼此彼此。」

目送這位男性客人離去後，電梯廳出現一名女性。那是昨天尚美辦住房手續時散發著玫瑰香氣的小姐。她也要退房了嗎？

來飯店的人真是形形色色。尚美再度深有所感。他們都戴著面具。身為飯店人，絕對不能拆掉他們的面具——

2

新田浩介覺得，踏進建築物的瞬間有種理科教室的臭味。首先浮現了小學時的記憶，那是將五圓硬幣鍍成銀色的實驗。老師說不可以把這個實驗到處向人吹噓，因為把硬幣拿去加工是違法的。聽到這個，新田反而興致勃勃。鍍銀後的五圓硬幣乍看像五十圓硬幣。拿去商店買東西會被拆穿嗎？視力很差的老婆婆應該不會發現吧。光是想像就興奮無比。

新田不記得後來有沒有用那枚五圓硬幣。但實驗的事卻記得很清楚，可能因為知道那是違法的吧。每個人犯規的時候，多少都會有點興奮。罪惡感與快感只有一線之隔。

命案現場在建築物的二樓。新田和同車的同事一起奔上樓梯，途中和幾個搜查員與鑑識人員擦身而過。都沒人在意他們的樣子，可能是因為他們戴著搜查一課的臂章吧。有一扇門開著，看得見刑警前輩本宮的背影。看來他先抵達了。

「怎麼樣？」新田出聲說。

本宮回頭，歪著猶如骸骨般的臉：「你自己看看吧。」

房間入口處掛著一個牌子，上面寫著「教授室」，下面添了一行小字「負責人，岡島孝雄」。

新田環顧室內。房間不算大，有書架、辦公桌，還有簡易的會客區，只有這樣而已。桌上放著電腦，旁邊圍著堆積如山的書籍與文件。

死者趴臥在地。是名男性，身穿工作服與西裝褲，沒有繫領帶。身材有點胖，但個子算小。眼鏡掉落在地板上。

「我幹刑警這麼多年，第一次看到這種現場。」本宮抬頭看向書架。「這是什麼呀？《化學結合與界面物性控制的關係》、《低反射率矽氧樹脂表面構造的研究》，這是什麼鬼？完全看不懂。」

「被害人是大學教授嗎？」

「好像是。科學家的世界，我完全無法想像。希望不會太麻煩。」本宮歪著嘴角搔搔後頸。

新田再度巡視室內。沒有打鬥痕跡。

犯案時，犯人有罪惡感嗎？還是感到快感呢？——新田俯視死者染血的背，忽然想起這種事。

特搜總部設在轄區的八王子南署。從警署到命案現場的泰鵬大學理工學院，徒步只要幾分鐘。

報案時間是今天十月五號上午十點多。一通電話從泰鵬大學理工學院打進通信司令室，說有人被殺了。不久，轄區的八王子南署的警官就立即趕赴現場確認。

遇害的是岡島孝雄，五十二歲男性，泰鵬大學理工學院的教授。岡島從昨天便不見人影，他專用的教授室也上鎖。助手們今天在停車場看到岡島的車，便以備份鑰匙進入教授室，才發現教授慘死在地。

死因是外傷導致休克死亡。凶器從背後刺入，直達心臟。雖然凶器被拿走了，但推定是長達二十公分以上的尖銳刀子。室內並沒有遭到洗劫，但外套裡的錢包不見了。只不過犯案現場不一定在教授室。據關係人等所言，岡島只會在研究室穿工作服。研究室就在教授室的隔壁。極有可能是兇手刺殺岡島後，將遺體搬到教授室。

轄區員警和警視廳的人員會面後，決定將搜查員分成幾組進行偵辦。新田這一組的組長是本宮。

新田環顧組裡的成員，嚇了一跳。因為裡面有年輕女性，本宮還命令他和這名女警搭檔。

「為什麼是我啊？」新田噘嘴抗議。

「為什麼不可以是你？」本宮反問。

「因為……」新田支吾之際，本宮直接說：「那就拜託你了！」這時女警也精神奕奕向新田打招呼，顯得幹勁十足。

「請多指教。」新田搔搔頭回應她。

她的名字叫穗積理沙，原本隸屬生活安全課，個子不高，但體態端正，身材似乎也鍛鍊得很結實。不過臉頰圓圓的，顯得落落大方，實在不像警察。

特搜總部一旦成立，若原本警署的員警很少，會從各個單位調派人手過來。只靠刑事課一定人手不夠，因此從負責搜查車輛的交通課調人來支援也不會太稀奇。新田也曾和刑事課以外的人聯手辦案，但和女性搭檔是頭一遭。

依本宮的指示，新田等人再度去找遺體發現者問話。

「好威哦。我第一次加入特搜總部。新田先生，請儘管命令我。我什麼都願意做。」穗積理沙說得興高采烈。

「哦，我知道了。」

「你別看我這樣，我對自己強壯的身體可是很有自信喔。像前陣子啊，我和一輛腳踏車相撞，我沒怎麼樣，對方卻跌倒受傷了。哈哈哈！」

「嗯哼，這樣啊。」

「話說回來，這次命案的兇手是怎樣的人啊。大學算是一種封閉社會吧，居然敢在這裡面殺人，實在有夠大膽。」

「說得也是。」

「兇手可能很恨被害人吧？要不就是有其他更大的動機？嗯……到底是怎樣呢？」

穗積理沙講話速度很快，又很多話，前往大學的途中，滔滔不絕講個不停。搞得新田連搭腔都不耐煩。

「我可是把話說在前頭。」新田停下腳步，指著她的鼻子說：「辦案的是我們一課的刑警，你們是輔助。所謂輔助就是基本上不用出面。必要時我會叫妳。平常只要在我旁邊靜靜的待命就好。靜靜地，懂了吧？」

原本以為穗積理沙多少會露出受傷的表情，不料她卻用力點頭：「是！我明白了！」還精神奕奕地擺出敬禮姿勢。

她真的明白了嗎？新田一邊疑惑一邊走進大學校門。

研究室所在的建築物禁止進入。新田在一棟稱為「技術本館」的大樓會客室，見到兩位遺體發現者。一位是姓山本的助手，另一位是姓鈴木的學生。

「所以你們最後見到岡島先生是在前天，也就是十月三號下午六點左右是吧？」聽完兩人的話，新田向他們確認。

「是的。」兩人點頭。

前天他們回家時，岡島還在研究室。

「老師幾乎每天都留到很晚。很多時候我早上一來，會看到老師吃過超商便當的痕跡。他常說因為一個人住，即使早回家也無事可做。」山本說。

「十月三號晚上，你沒有確認岡島教授是否回家了吧？」

「沒有。不過，我一直以為他一定回家了。」

「他昨天沒來學校。沒有人接到他請假的通知嗎？」

「老師請假的時候，一定會跟我聯絡。不過他原本就是很少請假的人。」山本擠出八字眉。

「你們沒有主動跟岡島教授聯絡嗎？」

「我打過一次電話給他，可是沒人接。後來傳了簡訊，但也沒有回。因為我也沒有急事找他，所以就沒有再繼續聯絡了……」

山本的臉上寫著「我萬萬沒想到他在隔壁房間被殺了」。

「今天早上是你發現岡島教授的車？」

「是我發現的。」回答的是身材矮小的鈴木。「我剛好經過附近看到的，覺得那很像岡島老師的車，仔細一看，車牌號碼也一樣。」

「昨天沒有停在那裡嗎？」

「我不知道。岡島老師總是把車停在研究室旁邊的停車場，但昨天那個停車場並沒有車。不過因為老師沒來上班，所以我也不覺得有什麼特別奇怪。」

「今天早上，你看到車的地方，不是他平常停車的停車場吧？」

「不是。」

「岡島教授也曾把車停在那裡嗎？」

鈴木搖搖頭。

「以前沒有過。所以剛開始我才懷疑那是不是老師的車。」

換言之，車子可能昨天就停在那裡。可能是兇手移動的吧。

岡島遇害是前天晚上，屍體一直在他的房間裡——這麼想似乎是妥當的。實際上看過遺體的法醫也認為，死後已超過二十四小時以上。

「前天，岡島先生有說什麼嗎？例如跟誰見了面？或是有誰拜訪他的研究室？」

山本與鈴木面面相覷，兩人都確認沒聽岡島說過這種事。

「那麼會不會是突然有人造訪他？」

「沒有預約突然跑來？應該不會，這種情況很少。」山本否定。「研究的行程排得很緊湊，突然來訪會造成困擾，所以一定會請對方事先聯絡。更何況我們離開這裡時已經晚上六點多，我不認為之後還有客人來。」

「原來如此。」

可是後來確實有人來。而且那個人還準備了凶器進入研究室。

「研究室的門通常是怎麼鎖的？」

「入口處的鑰匙，岡島老師和我都有。」山本回答：「還有警衛室那邊也有一把。剛才我也說過了，岡島老師幾乎每天都在研究室待到很晚，所以晚上鎖門都交給他。早上則是先來的人負責開門，通常都是我。昨天也是我開的門。」

「昨天早上，研究室的門是上鎖的吧？」

「是的。」

找不到岡島持有的那把鑰匙，可能是兇手拿走了。

「鎖門的只有研究室吧。整棟建築物的出入口會不會上鎖？」

「不會，晚上也有很多人出入。有些人徹夜都在做實驗。」

「這麼說來，外面的人溜進來，也不會有人覺得奇怪囉？」

「是啊，畢竟這棟樓有很多研究室。以我來說，我不認識的人反而比較多呢。」

「岡島教授通常在研究室待到很晚，這件事在學校很出名嗎？」

「這我就不知道了。」山本偏著頭。「老師下面的人應該知道，至於其他研究室的人知不知道，我就不清楚了——對吧？」

山本徵求鈴木的同意，鈴木默默地點頭。

「最近岡島教授的周遭，有沒有發生什麼奇怪的事？譬如捲進了什麼麻煩，或是有奇怪的電話打來之類的。」

山本聳聳肩，問站在身旁的鈴木：「有發生什麼事嗎？」鈴木也一臉困惑地說：「不知道。」

「好像沒有什麼事。」山本回答。

「岡島先生是個怎麼樣的人？譬如脾氣不好容易和人發生衝突？或是人際關係很差之類的？」

新田的意思是，岡島內外有沒有敵人。但這兩人的反應也很遲鈍。

「沒有耶，老師算是比較遲鈍的人，我沒看過他發脾氣。」

鈴木對山本此言也用力點頭。

「就算我們學生有點放肆，他也不曾罵過我們。該怎麼說呢，感覺上他對別人的事沒什麼興趣。」

「女性關係呢？他好像是單身，沒有女朋友嗎？」

新田這個問題使鈴木驚得身子往後仰。「岡島老師？不太可能。」

「不過他總和女性交往過吧？」

「呃，這個嘛……」山本側首尋思。「我沒聽他說過風流韻事。好像沒有特別的嗜好……對食物也不怎麼講究。總之岡島老師是個只對研究有興趣的人。」

「研究啊……」新田摸摸鼻子下方，交互看著兩位年輕研究者。「他究竟在做什麼研究？如果能說得簡單一點，讓我這個外行人也能懂就感激不盡了。」

「簡單來說，就是半導體的研究。」山本答道。「半導體……你知道吧？」

「大概知道。就是用在電腦裡的零件吧？」

「是的。岡島老師他們的研究內容是開發新的半導體材料。研究相當有進展，如果能實用化，會讓各種手機變得更輕薄，也能大幅降低耗電力。」

「哦，這是個大發明。剛才你說『老師他們』，所以他不是一個人在研究囉？」

「一個人是做不來的。現在是跟企業在共同研發。不過基本的構思是老師想出來的，確實很厲害。」

山本也說出這個企業的名字，但新田聽都沒聽過。

「這麼厲害的研究者過世了，是很大的損失吧。」

「你說得沒錯。到底是誰做出那麼兇殘的事……」山本遺憾地皺起八字眉。

「有誰會繼承他的研究嗎？比方說你？」

「我沒有那個本事。要繼承的話，大概是南原老師吧。」

「南原老師？」

「他是副教授，和岡島老師一起參與共同研究。」

「他今天在哪裡？」

「他前天就前往京都了，為了出席學會。我已經把命案的事通知他了，他說會立即趕回來。」

山本還告訴新田，南原老師的全名是南原定之。

為了慎重起見，新田確認了山本與鈴木前天以來的行動後，才請兩人回去。

「不愧是搜查一課的刑警，果然不同凡響。居然能那樣流利地抛出問題。我真的很佩服。」穗積理沙雙眼閃著光芒。

「這都是很普通的問題，而且沒什麼大收穫。」

「是嗎？可是可以看出案件的性質了吧？」

新田看著這位女搭檔：「性質？什麼性質？」

「岡島教授除了研究沒有其他興趣，人際關係也沒什麼問題，換言之這不是挾怨報復的犯罪。因為沒有任何女性關係，所以也沒有愛恨糾葛。這麼一來，剩下的只有金錢目的了。」

「妳是說殺害大學教授，有人會得到錢？」

「你沒聽偵查會議上的報告嗎？兇手偷走了錢包。」

「蛤？」新田凝視穗積理沙的圓臉：「妳是說殺人目的是搶奪錢包？特意潛入這種地方？」

「強盜本來就特意潛入強奪吧。」

「妳這話是認真的？」

「當然是認真的。有什麼問題嗎？」她說得一臉自信。看來不像在開玩笑。

「好吧，算了。岡島研究室的學生和研究生，好像還有四個人。聽聽他們怎麼說吧。叫他們進來。」

「是！」穗積理沙精神奕奕地回答，隨即走出房間。新田看著她粗魯地砰一聲關上門，不禁嘆了一口氣。

接著陸續問了在岡島研究室學習的四個人，但得出的內容和山本他們說的差不多。大家對岡島的印象都是，身為學者很優秀，但身為一個人沒有醒目的特徵。

「真可愛啊。」最後一個人走了之後，穗積理沙說：「二十出頭的年輕人，還是很嫩很可愛啊。不久之前我也跟他們一樣呢，現在已明顯感到年齡差距。光是在同一個房間談話，就能感受到他們的年輕能量。交個年輕男友似乎也不錯。」

新田疲憊不堪地望著她的側臉。

「妳還真悠哉啊。我為了找不到線索，意志消沉得要命呢。」

「就跟你說啦，這是單純的強盜殺人。從關係者那邊找不到線索是理所當然的。」

新田懶得回嗆，默默起身。

兩人離開大學前，再度和山本碰面，感謝他協助辦案。山本則送新田等人到技術本館的一樓。

「多麼細微的事都可以，要是你想起什麼，請跟我聯絡。」

「好的，我也會跟大家說。」山本露出些許尷尬的表情，接著又說：「那個……剛才因為鈴木也在，所以我沒說。有件事我想跟刑警先生說一下。」

「什麼事？」新田壓低嗓門。

「其實是南原老師的事。」

「南原老師？就是那位副教授？」

「對。」山本點頭時，新田聽到身後有人喚道：「山本！」新田回頭，只見一名穿西裝的男子走了過來。看起來約四十五歲左右，提著旅行包。

「啊，這是……老師好，辛苦了。」山本大聲回答後，悄聲對新田說：「他就是南原老師。」

「我想早點趕回來，可是該做的事一大堆。不過這次的事真的很慘啊。」南原愁眉苦臉地走過來，往新田一看：「呃，這是？」

「警視廳的刑警，來偵辦命案。」

「哦，原來如此。真是辛苦了。」南原將手伸入西裝內側，遞出名片。上面印著副教授的頭銜與南原定之這個名字。

新田提出警視廳的徽章自我介紹。

「聽說您去京都參加學會？」

「是的。原本預定待到明天。」

「這樣啊。這麼累的時候麻煩您真不好意思，請問能不能跟您談一談，不會佔用您很多時間。」

南原點頭答道：「好啊，當然可以。」

新田向山本使了個眼色。山本看到新田的眼神後，神妙地低下頭。

他們回到剛才的會客室，開始向南原問話。但問了幾個問題，也問不出什麼所以然。南原說他對命案一無所悉，也說沒有出過什麼問題，除了工作以外和岡島沒有私交，所以對岡島的私生活幾乎一無所知。

但對於岡島這個人的印象，倒是有一點和其他人說的不同。他不認為岡島是特別有才能的研究者。

「他確實很認真很努力，但卻是那種收集龐大數據來立證假設的研究者。就這個意義來說，算不上優秀吧。不過他的個性有點過於謹慎，對於飛躍的理論與奇特的發想，總是不以為然。我就經常被他唸。他老愛唸我總是提出夢幻般的提案，還說光有夢想，研究不會有進展。但我認為不追求夢想就無法開創新的道路。」

「意思是你們意見不合，處於對立狀態？」

南原在自己的臉前用力搖手。

「這不能說是對立。意見不合的時候，我們會議論。這才是研究者應有的態度。這樣才能激發出新的可能性。你聽過開發中的新材料嗎？」

「是半導體材料吧。聽說基本構思是岡島老師提出來的。」

結果南原皺起眉頭，輕輕搖頭。

「很多人都這麼認為，但實際情況有點不同。最初提出這個構思的是我。我還拿到了這個專利。起初岡島老師不感興趣，後來在反覆討論中，老師提出了別的點子，衍生出這次的發明。老師的研究，只是改變我的點子而成的。不過也因此研究才能有所進展，這也是事實，所以我就沒多說什麼。」

南原只差沒說，他只是尊重岡島在學界的地位而已。

「原來研究者的世界，也有很多複雜的事情啊。」

「這是當然的，畢竟是人在做事情。」南原浮現一抹淺笑。

「沒了岡島老師，研究會停滯嗎？」

「所幸不用擔心這一點，因為資訊是共享的。不過多少要調整方針吧。關於今後實用化的發展，原本就預定由我主導。」南原說得自信滿滿。

「這樣啊。聽起來很辛苦，請您好好加油。」

「沒問題啦。這樣說或許有點自誇，執行力是我的強項。」南原稍稍挺起胸膛。

「這真是令人安心啊。感謝您的說明，我也明白了。最後想請教您一件事。這是我們對每個關係者都會問的問題，希望您不要生氣——」

新田才說到這裡，南原便洞悉般地頻頻點頭。

「不在場證明是吧？我不會生氣啊。這是當然要問的事。」

「不好意思。」

「剛才我也說過了，昨天，我一直在京都。我抵達學會會場是上午十一點左右。聽了一場演講後，在會場內的餐廳吃午餐，下午又連續聽了幾場演講。晚上和熟識的大學教授們一起吃飯。在祇園的酒店喝了一點酒之後，和教授們道別返回飯店。」極其流暢說完後，南原拿出記事本，舉出學會的會場名稱、教授們的名字，以及飯店名稱。

「就這樣。」南原語畢闔上記事本。

新田以眼角餘光瞄了穗積理沙，她正在把南原說的話寫在筆記裡。最後新田向南原道謝。

「謝謝您的詳細說明。關於您昨天的行蹤，我們已經很清楚了。接下來還想再請教您前天的行蹤。」

結果南原睜大眼睛。「前天……是嗎？」

「是的。您是前天去京都的吧？」

「哦，是啊……可是為什麼呢？」

「什麼為什麼？」

「哦，沒有，我只是認為前天應該無關吧。」

「無關？為什麼你會這麼想？」

「因為，岡島老師是昨天被殺的。」

「不，這不見得喔。老師最後的身影被確認是前天晚上，所以也有可能是前天晚上被殺。」

「咦……這樣啊。」南原的視線開始游移。

「前天的白天，您也在參加學會吧。後來做了什麼事呢？只要說下午六點以後的行程就行。」

「那一天啊，呃……」看得出南原在吞口水。「學會結束後，我一個人吃飯，很早就回飯店了。」

「沒有人跟您在一起嗎？」

「沒有。那天，我一直一個人。因為有點累，想早點休息。」

「您有沒有從飯店打電話給誰？或是誰打電話去飯店給您？」

「沒有，都沒有。」南原痛苦地皺著臉。

新田嘆了一口氣，交抱雙臂。

「如果有什麼可以證明，您前天晚上在京都就太好了。」

「就算你這麼說……」新田看到南原的臉頰稍稍抽動。「我一直認為岡島老師是昨天被殺。」

「怎麼說？」

「這個嘛，那個，我只是這樣覺得……這種事不是解剖就會知道嗎？」

「當然。解剖結果就快出來了，遇害時間也會確定。但是，一直問您這種事實在很抱歉，目前我們只能抓一個大概來偵辦，希望您能諒解。」

「這樣啊。不過我能回答的就只有這樣了。」

「我明白了。不過通常能把不在場證明說得很清楚的人，反而比較少。這樣就可以了，感謝您的協助。」

三人走出會客室。新田問南原接下來要去哪裡？南原說要和共同研究的企業人士們見面討論。

「岡島教授才剛過世，就要談工作的事啊？」

「正因如此才要談工作的事。剛才我也說過，接下來有必要調整方針。」

「執行力是您的強項啊。」

「沒錯。」

「那我告辭了。」南原語畢朝走廊走去。

穗積理沙目送他離去的背影，小聲說：「很出色的人啊。」

「出色？妳是說南原先生？」

「對啊，他有一種中年的魅力。即使有點年紀了，但一點都沒有大叔味吧。女大學生一定很迷他。」

新田端詳她的臉。「妳總是這樣嗎？」

「什麼意思？」

「剛才看到年輕學生心花怒放，現在看到中年男人又陶醉心儀。我是在問，妳只要見到男人都會這樣嗎？」

「不是總是。只有對方很迷人的時候才會。」穗積理沙正色地說，接著又說：「我見到新田先生的時候，應該什麼都沒說吧。」

「哦，確實如此。抱歉哦，我魅力不足。」

「啊，不是啦，我不是這個意思……」

「沒關係，妳不用安慰我。倒是妳先回特搜總部，向本宮先生報告。」

「那你要去哪裡？」

「我要去個地方。」

「什麼地方？我也要一起去。」

「妳不用來。我一個人比較有效率。」

穗積理沙鬧彆扭地鼓起臉頰：「你現在是在排擠我嗎？」

「不是啦。想要套出別人的祕密時，一個人去比較好。好了，快走快走！」新田像在趕蒼蠅般揮揮手。

新田回到特搜總部時，本宮正在瀏覽文件。看到新田，本宮招手叫他過來。

「去大學訪查的其他人有消息來了，關於停車場的事。有人目擊到被害人的車子，昨天也停在同一個地方。還有前天，被害人平常停車的地方，也有人看到他的車子。然後這是司法解剖的結果。」本宮拿起屍體鑑定書。「死亡推定時間是前天晚上八點到十一點之間。」

「果然是前天啊。」

「還有一件事，犯案現場鎖定了。在研究室。從地板驗出血跡反應，有擦過的痕跡。可能是兇手擦的。」

「意思是，情況是這樣吧：兇手算好被害人一個人獨處時闖入，在研究室殺死被害人後，把屍體搬到隔壁的教授室。然後擦掉研究室地板的血，用被害人的鑰匙，鎖上研究室的門，也鎖上教授室後離開現場。然後把被害人的車子，移到和平常不同的停車場，離開大學。」

「嗯，大概是這樣吧。」

本宮說完後，旁邊的穗積理沙接著說：「少了一個東西。」她不知道從什麼時候開始站在旁邊。

新田看著她說：「少了一個東西？什麼東西？」

穗積理沙鼓著鼻孔說：

「錢包。你剛才所說的，沒有包含兇手偷走錢包這件事。」

新田頓時膝蓋無力。「妳還講在這個？」

「還有，你也忘了兇手拿走了凶器。」

「我沒忘，只是省略而已。錢包也是。」

「為什麼要省略？這明明很重要。」穗積理沙不滿地嘟起嘴巴。

「到底怎麼回事？」本宮搞不懂兩人在鬥什麼嘴，於是開口問。

「照她的推理，她認為犯案動機是偷錢包。」新田語畢面向穗積理沙：「我問妳，兇手為什麼要移動屍體和車子？如果目的是錢包，會把屍體就那樣放著，盡早離開現場，也沒必要移動車子吧。」

穗積理沙搖了兩次頭。

「這樣是不行的。這樣沒時間刷卡。」

「刷卡？」

「信用卡。我認為兇手打算在命案被發覺前拚命刷卡買東西。因此有必要延遲屍體被發現的時間。所以才把屍體藏起來，也才移動了車子。」穗積理沙一口氣快速說完。
新田目瞪口呆地望著她。雖然不甘願，但一時也想不出如何反駁。
「哦？這個推理不錯嘛。」一旁的本宮說。
「對吧？」穗積理沙喜上眉梢。「昨天一天，兇手應該在到處刷卡。」
「那就去確認一下吧。信用卡的部分，物品調查組已經在查了。」本宮指向遠處。「就是聚集在那邊的人。那裡有個個子很高的年輕刑警吧，他叫關根。去問問他。」
「遵命！」穗積理沙蹦蹦跳跳地跑去。新田一邊目送她的背影一邊問本宮：「你是認真的嗎？真的相信兇手是為了盜取錢包而殺人？」
本宮輕輕搖晃身體，笑說：
「剛才關根已經跟我說了。昨天和今天都沒有刷卡紀錄。」
「我想也是。」新田撫胸放心。「這起命案沒這麼單純。不過話說回來，想到接下來我還得跟她聯手辦案，心情很沉重啊。」
「別這麼說嘛。叫你和她搭檔的是組長喔。」
「稻垣組長？為什麼？」
「表示他對你有期待啊。因為你是幹部候補生，又是歸國子女，還是升級考試也能輕鬆過關的菁英份子。接下來我們也想增加女刑警，想先讓她習慣被人使喚。這是稻垣組長的父母心，用心良苦啊。」

新田搔搔頭：「真是麻煩的父母心。」

「不過那個傻妞說的話也沒那麼離譜。兇手確實想延遲屍體被發現的時間。問題是，目的為何？」

「這一點我也一直在思索，但還找不到適切的答案。如果延遲個幾天還能理解，可是這次的做法，頂多只能延個一、兩天。這樣對兇手有什麼幫助呢？」

本宮靠著椅背，低吟了半晌說：

「總之我把目前的狀況整理一下，先去向組長報告。其他還有什麼嗎？」

「其他……是嗎？」新田支吾了起來。

「怎麼？」本宮由下往上瞪著他。「瞧你這副表情，好像還有什麼線索？別裝模作樣了，快給我說！」

「有一個人，讓我很在意。」

新田說出南原定之的事。

「嗯哼，共同研究者的副教授啊。為什麼你會在意這個男人？」本宮看著南原的名片問。

「原因很單純。如果被害人沒死，南原身為研究者恐怕會遭受嚴重損失。」

前輩刑警的眼睛瞇成一條線。「什麼嚴重損失？」

「助手山本先生偷偷跟我說，岡島教授他們開發的新素材製造方法，可以分為兩大類。實用化的時候，要用哪個方法，交由教授決定。可是兩個方法都各有優缺點，遲遲無法得出結論。」

「然後呢？」

「但是到了最近，岡島教授開始想集中於一個方向。那是教授主導的方法，南原幾乎沒有參與。相反地，被捨棄的那個方法，是以南原拿到專利的點子為基礎的方法。」

本宮深深吸了一口氣，驚愕地瞪大眼睛。

「這對南原來說，確實是很大的損失啊。」

「要是放著不管，就算新素材開始實用化，南原也得不到任何好處。相反地，如果以南原提案的方法進行實用化，光是專利，他就能得到莫大的利益。」新田字字斟酌地說：「這比起貪圖錢包，更有說服力吧？」

「你是法學院出身的吧。然後你老爸，我記得好像是律師。」

「他在西雅圖當顧問律師，也經常處理智慧財產權的事。」

本宮咋舌，拿起名片往桌上一拍！

「既然有這種線索就早說嘛。好，以這條線進行偵查。組長那邊，我去跟他說。喂，你的搭檔回來了喔。」

新田看向本宮下顎指的方向，只見穗積理沙一臉沮喪地走過來。

3

要求南原定之自行來警署說明，是在遺體發現後的第三天，亦即十月七號。在八王子南署的偵訊室裡，新田坐在南原的對面，本宮站在旁邊，穗積理沙亦同席擔任記錄。

「不好意思，百忙之中勞駕您來這裡。不過今天，希望您把真相告訴我們。」新田沉穩地開口。表面上，對方還是關係人，所以沒跟他說緘默權的事。

南原皺起眉頭。

「這是怎麼回事？日前，我把一切都跟你說了。我可沒有說謊喔。」

「哦，因為和我們查明的事實有一些出入。我再問一次，十月三號的晚上，你到底在哪裡？」

「三號……為什麼是三號？」南原不耐煩地問。

「請回答我的問題。三號的晚上，你在哪裡？」

南原沒有掩飾自己的慌張，一臉困惑地抬頭看了本宮後，將視線轉回新田。

「我說過了，那天我在京都……」

「在飯店裡對吧。日前你說是『京都皇后飯店』，那是相當高級的飯店。請問你在房間裡做什麼？」

「做什麼……看電視……」

「看了什麼節目？從幾點看到幾點？能不能盡量詳細地告訴我們。」

南原的視線游移。眨了幾下眼睛後，雙頰顫抖地開口說：

「不，不對。那晚我沒看電視。對了，我在看書。書名是——」

「書名不用說。」新田打斷他的話。知道書名也沒用，反正他會隨便說手邊的書名吧。「你在飯店的時候，有沒有發生什麼奇怪的事？譬如火災警報器響起之類的？」

「火災警報器……沒有，應該沒有。」南原明顯地不安。可能是在想，或許火災警報器響過吧。

新田抬頭看本宮。前輩刑警稍微動了動下顎。

「南原先生，」新田開門見山地說：「十月三號的晚上，你應該沒有住在『京都皇后飯店』。」

「怎麼可能，那天我有去辦住房手續——」

「確實是有住房手續紀錄。是下午六點辦的手續。但是你並沒有進入房間。至少那天晚上，你並沒有睡在『京都皇后飯店』。我有說錯嗎？」

「這種事，你怎麼……」

「你是想說，我怎麼敢斷言是嗎？很簡單，因為我問過飯店。十月三號的晚上，你的房間是什麼情況？不，正確地說應該是，十月四號的白天，你的房間是什麼情況？如果你有住過，應該會留下痕跡。一流飯店真的很了不起，不管什麼事都留有紀錄。你的事情也記錄下來了。十月四號，清掃人員進入房間時，床沒有睡過的痕跡。一條毛巾也沒用過。不只這樣，連鋪在馬桶座上的消毒紙都還在。就算你是睡在地板上，但若有過夜的話，至少會上個廁所吧。」

南原的臉開始漲紅，不久轉為蒼白。反倒是眼睛開始充血。新田看到他嘴巴在動，心想他是想自供嗎？

「真的……」南原說：「真的是三號嗎？」

「啊？」新田嘴巴半張：「什麼意思？」

「命案的發生日期，真的是十月三號嗎？你到底有什麼證據證明就是這一天，請你告訴我。」

新田與本宮面面相覷，沒料到南原會有這種反應。

「南原先生，」本宮開始說：「你不用去想命案發生的日期，只要把事實告訴我們就好。三號的晚上，你在哪裡？別再說你在京都的飯店了，我們可是很忙的。在偵訊室持續擺出和善的表情，是很累人的事。我們已經快到極限了。」

本宮那張臉怎麼看都不像善類，卻用柔和的語氣說話，反而有種令人毛骨悚然的威力。南原表情僵硬地低下頭。

「南原先生，」新田說：「你不說話我們怎麼會懂呢？請你回答問題。」

不久南原稍稍抬起頭，面帶苦悶之色。

「好吧。對不起。」他語氣沉重地開口。新田心想，他終於死心了啊。「你說的沒錯。三號的晚上，我說我在京都的飯店是騙人的。那晚我在別的地方。」

「在哪裡？」

「這個……」南原深深吸了一口氣，繼續說：「這我不能告訴你。」

「啊？什麼意思？」

「就是我承認，三號的晚上，我不在京都的飯店裡。可是我不能告訴你我在哪裡。真的很抱歉。」南原深深低頭致歉。

忽然響起一聲「砰」的巨響。是本宮用手掌拍桌。南原嚇得身體往後仰。幾乎同時，新田也聽到背後傳來小小的尖叫聲。那是穗積理沙發出來的。

「你是瞧不起警方嗎？」本宮開始發飆了。「你以為低頭道歉就沒事了嗎？」

南原為了讓心情平靜下來，調整幾次呼吸之後，交互看著新田與本宮。

「請你們先說明，為什麼我必須說三號的不在場證明。目前，新田先生也說過不是嗎？能夠清楚交代自己不在場證明的人是比較少的。不能也把我當作那其中一人嗎？」

「你的不在場證明不是說不清楚，而是說謊。一旦說謊的話，我們就不能輕易放過。」新田說完這番話，看向本宮的臉，以便得知本宮的指示。本宮稍微動了動下顎。這是放出第二支箭的暗號。

新田再度看向南原，開口說：

「極限點的 MKE 製法。」

南原驚愕地睜大眼睛。新田確認他的驚愕後，繼續說：

「這是你所提出的，為了製作半導體的新材料的技術名稱吧。我從相關人士那裡，聽到很多事情。因為我是門外漢，為了理解可是花了很多心血呢。雖然就算現在，我也還是不太懂。可是這個技術，若被廠商採用為共同開發半導體的製作技術，你可以得到鉅額的報酬。但是岡島教授，似乎不打算採用這個技術的吧？一旦定案，你不僅拿不到報酬，還有可能被排除在研究計畫之外。不，不僅如此，如果你的技術在這裡被否定，以後極有可能不會再被採用。我可以想像，這對一個堅信自己研究的人，是何等嚴重的衝擊。」

南原掏出手帕，擦掉太陽穴的汗水。臉色依然蒼白。

「你的意思是，我因為害怕這種事，所以殺了岡島老師？」

「就殺人動機而言是非常充足的。我聽相關人士說，這是個值得賭上性命的龐大研究計畫。」

「白癡！」南原忿忿地啐了一句。「你們犯了一個大錯。這些話大概是從助手山本那裡聽來的吧。其實他什麼都不懂。確實，岡島教授在討論我開發的 MKE 以外的製作方法。但是我很清楚，他的做法遲早會碰到瓶頸。到頭來岡島教授還是得重新考慮我的方案。我已經明白這一點，為什麼還非得殺教授不可？」

新田側首不解。

「這就怪了。我也問過山本先生以外的相關人士，掌握了你所處的立場。」

「什麼立場？」

「其實，岡島教授對你的評價並不高。MKE 製法，本來就是其他方法都行不通時的替代方案。」

「不可能。實際上，以 MKE 製法進行實用化研究的方針已經逐漸穩固。」

「哦？這樣啊？一切就如你算計的嗎？」

南原歪著臉搖搖頭。「我……不是我。」

「那麼請告訴我，你十月三號的行蹤。我知道你下午六點，在京都的飯店辦了住房手續，但接下來的行動就不清楚了。在那之後，你去了哪裡嗎？如果你想證明自己是清白的，最好說實話。」

南原深深地垂下頭。是應該乾脆招供呢？還是能拖就拖，等到能逃掉的機會到來？——新田心想，南原可能陷入各種錯綜複雜的思緒中。

不久，南原似乎下定決心般抬起頭。

「在京都的飯店辦好住房手續後，我去的地方是……大阪。」

「大阪？」新田再度看向本宮，兩人對看了一眼後，新田將目光轉回南原。「去大阪做什麼？在大阪的哪裡？」

「這我不能說。不過我確實去了大阪。我記得抵達新大阪車站時是晚上七點左右。然後我在車站裡的書店買了雜誌。書店應該留有紀錄。」

問他是什麼雜誌，他說《金屬工業月刊》。看來是業界的雜誌。這種雜誌的銷量應該不多，真的有買的話，很容易查得出來。

「那天晚上你住在大阪？」

「是的。」

「住在哪裡？」

「大阪的某個飯店。」

「這樣我們沒辦法查證。是哪一家飯店？請確實回答。」

「不，這我不能說。」

「為什麼？」

「因為我在那家飯店和某個人見面。如果要證明我確實在那裡，就必須講出這個人的名字。可是講出來的話，會給對方造成困擾。所以我不想說，也不能說。」

「對方是女性嗎？」

南原痛苦地皺著臉，簡短答道：「是的。」

「啊！」在新田後面的穗積理沙發出聲音：「該不會是……外遇？」

本宮回頭瞪了她一眼。她偏著頭說：「對不起。」

新田凝視南原，向他確認：「是這麼回事嗎？」

這位穗積理沙覺得頗有中年魅力的研究者緩緩地眨了眨眼睛，嘆了一口氣，點點頭，然後這麼說：「對方是……人妻。所以我不能說出她的名字。」

4

稻垣組長聽了新田等人的報告後，坐在自己的位子，交抱雙臂地閉上眼睛。他短髮大臉，眼尾有些下垂，因此看起來頗為溫厚，但時而射出的銳利目光相當嚇人。

新田與本宮，並排站在稻垣前面。穗積理沙坐在有點距離的位子，時而憂心忡忡地看向他們。

稻垣睜開眼睛。

「情況我瞭解了。那麼，你們的想法呢？」稻垣動動下巴，要本宮先說。

「我認為他不是清白的。」本宮說：「算是非常接近黑色的灰。兇手是趁被害人在研究室的時候下手，可是知道被害人每晚都獨自在研究室待到很晚的人相當有限。研究室的人都有不在場證明，唯獨南原最奇怪。」

「嗯。」稻垣點頭之後看向新田，眼神猶如在問你覺得呢？

「我也不認為南原和命案無關。他說案發當晚去密會人妻，所以不能說出不在場證明，這也太扯了。」

「可是，他的說法也並不奇怪。第一次問他不在場證明時，他謊稱人在京都的理由也說得通。」

「可是這樣的話，把那個人妻叫到京都的飯店不就得了。」

「關於這一點，南原怎麼說？」

「他說很多學會的相關人士也住在那裡，萬一被發現就糟了。」

「嗯，這也說得通。」

稻垣的這句話，新田無法反駁，只能回答：「您說得是。」

在大阪府警方的協助下，已經確認新大阪車站內書店的事。南原去的那天，確實有買《金屬工業月刊》這本雜誌。店員不記得客人的長相，但紀錄確實有留下來。

不過，光是晚上七點抵達新大阪車站，無法成為不在場證明。因為也有可能急忙趕回東京殺人。

新田也曾對南原說，警方不會給那位人妻惹麻煩，請他說出人妻的姓名與聯絡方式。但南原就是頑固地不肯說。看似很不相信警方的樣子。

結果，今天只好放南原回去。因為沒有證據可以拘留他。不能因為不肯說不在場證明，就把他當嫌犯對待。

「我們來整理一下。假定南原定之是兇手，這跟案情有什麼矛盾嗎？」

可是面對組長這個問題，新田和本宮都無法立即回答。

「怎麼啦？」稻垣馬上不悅地皺起眉頭：「有矛盾嗎？」

「不算矛盾的地步，但有幾個疑問……」本宮向新田使眼色，意思是叫他說明。

「就如之前向您說明的，南原殺人的動機十足。」新田開始說：「我認為十月三號晚上，南原也有可能潛入大學的研究室，從背後刺殺被害人。可是因為彼此認識，或許也不用悄悄從背後偷襲，直接說有事找他，讓被害人失去警戒，然後趁隙刺殺，這也是一個方法。我不明白的是，為什麼要把遺體搬到隔壁房間，還要移動被害人的車子。雖然這樣能讓遺體晚點被發現，但這對南原有什麼好處，關於這點我還是不明白。」

「說得也是。」稻垣輕輕地點頭。「還有呢？」

「還有就是沒有計畫到不可思議。」

「計畫？」

「從動機來看，南原應該明白，被害人遇害的話，自己會第一個被懷疑。既然如此，應該稍微再做一些隱藏措施吧。」

「可是做不好的話，到時候被揭穿，他就無路可逃了。所以他可能認為，不管怎麼被懷疑，只要沒有證據就沒問題吧。」

「這也有可能。只是床沒有睡過，因此被發現他三號晚上並沒有在京都的飯店過夜，這也未免太粗心了。此外，我還在意一件事。」

「什麼事？」

「不知為何，打從第一次見到南原開始，他就對我們問他十月三號的不在場證明一直抱持疑問。這次的偵訊，他也問我們把命案鎖定於十月三號發生的理由。搞不好對他來說，這真的是他算計之外。」

稻垣詫異地歪著嘴角：「什麼意思？」

「照南原的計畫，下手的日期應該是鎖定在隔天的十月四號吧。所以他四號的不在場證明非常完美，在京都和好幾個人見了面。」

「意思是計畫把十月三號的犯行，假裝成四號下手嗎？」

「不，不是這樣。」新田看著上司說：「直接下手的，是南原的夥伴。當初的計畫，應該是在十月四號下手。所以南原把這一天的不在場證明做得很好。可是不曉得哪裡出了狀況，竟然在三號就動手了。如此思考，就能明白南原那難以理解的言行舉止了。您覺得如何？」新田做了總結。

稻垣噘起下唇，盯著新田的臉，但接著目光卻拋向本宮：「你覺得呢？」

「我覺得蠻有道理的。」本宮說：「這傢伙雖然狂妄，又惹人討厭，可是腦袋果然很犀利。」

稻垣再度看向新田。

「南原無法說明三號晚上的不在場證明，是湊巧嗎？」

「這我不敢說。不過我覺得他可能隱瞞了和案情有關的事。至少不能盲目相信他和人妻密會的說法。」

稻垣點點頭，用雙手拍自己的雙膝。

「下次偵查會議之前，把今天的談話內容整理給我。我來向管理官報告。」

「是！」新田答得幹勁十足。

新田推理的正確性，在後續的偵查中也被佐證了。縱使出動了大批搜查員進行訪查，依然沒人目擊到南原在案發當晚的身影。此外調閱大學周邊的監視錄影器逐一清查，也沒發現南原的蹤影。

關於遇害的岡島孝雄的車子，科學搜查班也做了徹底調查。不僅找不到南原的指紋，從車內驗出的所有 DNA 都與他不符。

即使南原和命案有關，但實行犯另有他人——這個想法是合理的。

另一方面，南原依然不肯言明十月三號的不在場證明，只說他在大阪與人妻見面。

「那至少把飯店名稱告訴我們總可以吧？」新田說。今天又在偵訊室面對南原。

「跟你們說這種事沒有意義吧？又不能證明我在那間飯店。因為辦理住房手續的不是我。」南原以敷衍的口氣說。看來連日的偵訊，他也已疲累不堪。

「說不定飯店人員有人看到你。只要找到那個人，就能證明殺死岡島先生的不是你。對你而言，應該不是壞事。」

但南原聽了新田這番話，依然一臉不爽地搖頭。

「畢竟是外遇，所以我非常小心，不讓任何人看到。所以不可能找得到目擊者。」

「這種事，不查查看不知道吧。」

「沒有用啦。更何況，萬一在搜查過程中讓那位女性曝光了，那就慘了。」

「你非得如此隱瞞那個人？」

「當然。人家可是人妻。」南原歪起嘴角。

新田雙手交抱於胸。

「你很小心不讓任何人看到，可是你對飯店應該有什麼印象吧？譬如大廳有穿婚紗的女性緩緩走過，或是有角色扮演的同人團體入住。只要告訴我們是哪家飯店，我們去查證確實有此事，或許也能佐證你的不在場證明。」

可是南原不發一語，只是靜靜看著桌面。

新田將雙手放在後腦勺。

「這樣沒辦法解決事情。你到底要堅持到什麼時候？」

結果南原以仇視的眼神瞪向新田：「這是我的台詞。」

「什麼意思？」

「我才想問你，這種事你要持續到什麼時候？」

「這種事是什麼事？」

「就是一而再地把我叫來，反覆問我同樣的事。總之我是在問你，你要懷疑我到什麼時候？」

「當然是到洗清你的嫌疑為止。」

「你好歹也為我想想。我周遭的人都以奇怪的眼光看我，害我沒辦法工作。結果大學方面還命令我暫時在家休養。這是人權侵害。」

「我知道你大學休假的事。負責調查你動向的搜查員跟我說了。可是我們也只是照規定在辦案而已，談不上人權侵害。如果你有不滿，可以找律師商量。」

南原雙手拍桌！

「你們是真的認為我殺了岡島教授嗎？」

「辦案這種事，是從懷疑所有的人開始。然後再用消去法刪除。先刪除有不在場證明的人，再刪除沒有犯案理由的人。這樣腳踏實地調查後的結果，被害人周圍的人，只剩下你的嫌疑最大。」

南原用力搖頭。

「太荒謬了。如果你說我是兇手，把證據拿出來給我看。」

「遲早會給你看，如果你是兇手的話。但如果你不是兇手，請協助我們調查。看你的態度而定，搞不好明天又會請你來。」

新田和南原隔著桌子互瞪，沉默時間長達十幾秒。

終於南原的嘴唇動了。「柯迪希亞……」

「啊？」

「大阪車站旁邊的『大阪柯迪希亞飯店』。三號晚上，我就住在這間飯店。」

新田點點頭，將這個名字寫在記事本上。

「非常謝謝你。但若能證明這件事就更好了，你能不能順便告訴我，和你在一起的人叫什麼名字？」

「我說過好幾次了，這個我不能說。」南原一臉苦悶地搖頭。

「那你對這間飯店有什麼印象呢？」

「我記得那晚，飯店裡的餐廳在舉辦『世界啤酒展』。房間裡放著這個啤酒展的宣傳單。我離開房間是四號的早上，和中國旅行團搭同一部電梯。大概是上午九點左右。那個團大多是老人。」

新田翹腳，靠著椅背：「很好。」

「這樣你滿意了嗎？今天到此為止讓我回去吧。」南原瞪著新田：「可以吧？」

「當然可以。這是在你同意下做的偵訊。我們可不想侵犯人權——穗積巡查，請送他出去。」

在一旁記錄的穗積理沙喊了一聲：「是！」幹勁十足地站了起來。

她帶南原出去後，新田仍然坐在椅子上，凝望著半空中，持續思索。

南原第一次來偵訊室時，面露驚慌之色，現在雖然面色憔悴，但似乎已平靜許多。

可能是經過連日的偵訊，使得他確信就算沒有不在場證明，只要沒有證據，警方就不能逮捕他。南原有自信不會出現什麼證據。也就是說，實際殺害岡島的果然不是他吧。實行犯另有別人。新田如此推測。

雖然一切就如新田的推理，但還是搞不懂，為何實行犯會在十月三號下手。一定是有什麼突發事件吧。可是為何沒有通知南原？南原很明顯不知道犯案日期是在三號。

還有一個問題，為何兇手要延遲發現遺體的時間？這個疑問也尚未釐清。

後面的門開了，傳來穗積理沙的聲音：「我送走關係人南原先生了，接下來交給尾隨組負責。」

「辛苦了。」新田答道，但沒有回頭。

「你終於成功了啊，新田先生。」穗積理沙以開朗的語氣說。

「什麼成功了？」

「就是讓他招出飯店的名稱呀，大阪柯迪希亞飯店。」

「這不是什麼大不了的成果。實際上也不知道他是不是真的住在那間飯店。就算真的住在那間飯店，也只能證明實行犯另有他人。我只是不明白，十月三號，南原在那間飯店做什麼？為什麼要小心翼翼不讓別人看到？為什麼非得抹去他在那裡住過的痕跡？

不做這種事的話，他住在那裡就能成為這個命案強而有力的不在場證明。可是那傢伙，竟然連飯店名都不肯說。為什麼呢？」新田坐在椅子上，大大地將身體往後仰，看著天花板。

「我在一旁聽的時候是這麼想的，搞不好南原並沒有說謊。」

新田將身體轉回來，回頭看著她：「這話什麼意思？」

穗積理沙以食指和拇指抵著下顎，另一手撐著這隻手的手肘，如此站著。一臉深思的表情。

「他真的有和人妻見面吧。」

新田差點從椅子上掉下來。「妳這話是認真的？」

「因為他已經被懷疑是殺人兇手，還要繼續隱瞞對方的身分啊。怎麼想都只有外遇的可能吧？」

「笨蛋。啟動殺人計畫的時候搞外遇？哪有這種人。」

「這很難說喔。那個人妻住在大阪吧。南原第二天預定去京都，所以先去大阪幽會人妻。」

新田搖搖頭：「絕對不可能。」

「怎麼說？」

「妳想想看。他可是被懷疑殺人喔。為了不在場證明，只是外遇曝光這種事，應該沒什麼吧。況且南原是單身，若只是為了保護對方的家庭，不至於堅持到這種地步。」

「所以對方一定是個大咖，例如大學校長的老婆之類的。萬一這個外遇曝光，南原的人生就完蛋了。」

新田哼了一聲。「就算辭掉大學的工作，人生也不會完蛋。」

「不過這不是南原本人的價值觀吧。我們不知道南原是怎麼想的啊。」

「好吧。既然妳這麼說，我派一個工作給妳。」

「好，什麼工作？」穗積理沙幹勁十足地問。

「去大阪出差。不過我想應該沒什麼收穫。妳出差就是為了確認沒有收穫。」

5

一個老人拄著拐杖從電梯走出來。山岸尚美記得他一小時前辦了住房手續。當時為他辦手續的是現在站在她旁邊，一名姓田代的年輕櫃檯人員。

老人的腳步走得慢條斯理，可是看他的表情，似乎心情不太好。表情兇巴巴的，筆直朝櫃檯走來。

「喂！」老人瞪著田代說：「那是什麼房間呀！」

原本面帶微笑的田代，頓時雙頰僵硬。

「請問有什麼問題嗎？」

「問題可大了。那個房間是走廊的最邊間。妳故意挑那個房間給我是什麼意思！」老人粗聲粗氣地罵。

尚美立即掌握狀況。客房的分配，大多在前一天就決定了。田代可能只是照順序提供房間給客人。但是櫃檯人員，必須有臨機應變的能力。

「上次我來住房時，住的是離電梯最近的房間。那時我還覺得這間飯店蠻機伶的，這次居然給我住這種房間，我走去搭電梯要花多少時間啊！妳也稍微動動腦筋好嗎？」

老人頻頻用拐杖戳地板。

田代一臉焦急地低頭道歉。

「真的很抱歉。我立刻為您換房間，請您稍等一下好嗎？」

「不用了。我的行李都打開了，麻煩死了。倒是幫我找間店吧。」

「請問，找什麼店？」

「吃晚飯的店。我和兒子夫妻約好要吃晚餐。這附近有沒有好吃的店？中華料理比較好。」

「中華料理的話，本飯店的三樓有。」

老人不耐煩地搖頭。

「這我知道。上次我來住房時就去過那家餐廳了。所以今晚想去別的餐廳。快點幫我查一查。」

「好的，中華料理是吧。」田代拿起手邊的文件，裡面列出了附近主要的餐飲店。田代攤開這份文件，現給老人看。「那麼這間店，您覺得如何？」

老人皺起臉說：「字太小了看不到。這家店叫什麼名字？」

田代將店名告訴老人，並說明大致的位置。

「這家店很近，不錯哪。好，就這裡吧。幫我預約，三位成人。」

「好的。」

「這位先生，」尚美從旁對老人說：「上海蟹，可以嗎？」

「螃蟹……是嗎？」

「現在這個時期，這間餐館的套餐是以上海蟹為主。當然主菜也可以換成其他的菜餚，不過既然要換，不如找用螃蟹以外的料理為主菜的餐館如何？例如魚翅或北京烤鴨之類的。」

老人眨眨眼睛，不可思議地看著尚美。

「妳知道我吃螃蟹會過敏啊？」

尚美點點頭：「因為上次問過您了。」

「上次？」老人似乎想起了什麼。「啊，對哦。那時候幫我預約的是妳啊。」

「您能記得是我的光榮。」

「我在辦住房手續時，說要預約飯店裡的中華料理店，妳立刻幫我打了電話。」

「是的。那時我問您有沒有不敢吃的東西，您說吃螃蟹會過敏。」

「沒錯，已經是兩個月前的事了。我自己都忘記了，妳居然還記得這麼清楚，真了不起。」

「不敢當。」

「妳說的沒錯。對螃蟹過敏的人，沒必要特地去上海蟹的餐館。去別家店吧，妳幫我推薦一下好嗎？」

尚美說出一間中華餐館的名稱。那是北京烤鴨的知名餐館。老人說：「好，就去這裡。」於是尚美叫田代去預約。

田代在打電話預約時，尚美對老人說：

「關於您房間的事。吃完飯後，誰都不想走得太遠，所以還是換到電梯附近的房間比較好吧？您說您的行李都拿出來了，如果我們去碰它也沒關係的話，那麼在您回來之前，我們會把行李都搬到新的房間去。」

聽了尚美這番話，老人陷入沉思。不久他說：

「妳願意這麼做，確實幫我很大的忙。碰我的行李沒關係。但我總覺得這樣實在是過意不去。」

「您千萬別客氣。是我們思慮不周，造成您的困擾很抱歉。那麼您用餐回來後，請先到櫃檯來一下。我們會把房卡準備好。」

「好，謝謝妳。」

田代的電話也打完了。順利預約到位子，也把螃蟹過敏的事告訴餐館了。

老人的心情變得很好，笑咪咪地走了。目送老人離去後，田代向尚美道謝：

「真是太感謝妳了。山岸小姐，妳真的很厲害。我根本沒自信記住兩月前來過飯店的客人的臉。」

「妳只要看著客人的臉，想著能為這位客人做什麼？這位客人對我有什麼期待？這樣就能記住了。」

「哦……」田代露出難以招架的表情。

後面的門開了，出現一位圓臉的男性。是吉村副理。

「山岸，過來一下好嗎？」

「好的。」尚美回答後，走進辦公室：「有什麼事嗎？」

「不好意思，現在跟我去一下會客室好嗎？」

「去會客室啊？可以啊，是有什麼客人來嗎？」

「不是一般的客人。」吉村壓低嗓門說：「其實啊，是警方的人。從東京來的。」

尚美不由得打直背脊。「發生什麼案件嗎？」

「好像是的，但對方不肯說是什麼案件。總之想問十月三號的事。」

「三號……」

「沒有必要說謊。老老實實回答警方就好。但是，別說多餘的事。如果跟客人的隱私有關，更不能說。」

「好的，這一點我很明白。」尚美回答得直接了當。

來到會客室前吉村敲敲門。聽到一聲「請進」，尚美大感意外，沒想到竟然是女性的聲音。

進入會客室，看到對方時，尚美更加震驚。因為眼前的女性，怎麼看都比尚美年輕。一張和藹可親的圓臉，實在不像警察。

她報上姓名，穗積理沙，隸屬八王子南署的生活安全課。

「是這樣的，我們在調查某個案件。來這裡是想調查這起案子的關係者十月三號是否曾住在這間飯店。請你們協助警方辦案。」這名女警宛如在唸寫好的文章，毫無停頓且沒有抑揚頓挫。

「十月三號，山岸好像值午班——沒錯吧？」

吉村這麼一問，尚美答道：「沒錯。」

「午班是什麼？」穗積理沙準備做筆記。

「從下午五點開始的班，到晚上十點和夜班交接。」

「主要的工作內容是什麼？」

「住房業務。也有短時間休憩的退房業務。」

「妳一直在櫃檯嗎？」

「基本上是的，但客人很少的時候會退到後面的辦公室。」

穗積理沙從腋下的帆布包取出一張照片，放在尚美前面。

「十月三號，這個人有沒有來這間飯店？」

尚美拿起照片端詳。照片裡是一名男性，戴著眼鏡，留著稀疏的鬍子。

尚美心想，這實在難以回答。其實她見過照片裡的人。

「怎麼樣？」穗積理沙問。

「三號那天，我沒看過這個人。」尚美說完放下照片。

「果然沒有啊。」可能答案如穗積理沙的預期，她沒有顯得特別沮喪，拿起照片又說：「各位都沒有看過這個人吧。」

尚美不禁在心裡咋舌暗忖，這個人也太遲鈍了，這種人竟然能當警察。

「是啊，沒看到。」尚美再說一次，然後接著說：「在十月三號。」

穗積理沙點點頭，準備將照片收進包包時，忽然「咦？」了一聲看向尚美：「妳說十月三號沒看到，那麼別的日子有看到嗎？」

吉村故意乾咳兩聲，向尚美使了個眼色。他覺得尚美說了多餘的話。尚美向他輕輕點頭，然後看向穗積理沙。

「更早之前的話，我看過跟這張照片裡的男性很像的人。」尚美謹慎選擇辭彙。

「那是在本飯店開幕後大約一個月左右的事。」

「真的嗎？請問妳記得他叫什麼嗎？」

「不好意思，我不記得名字。」

「那麼關於那個人，妳有沒有記得什麼事情？無論什麼事都可以。」

「不太清楚耶。」尚美側首尋思，接著說：「我只在辦退房手續時，稍微和他聊過兩句。當時他是入住一晚，退房時發現誤把飯店的毛巾收進自己的包包裡。我收下那條毛巾，將它歸還飯店。因為有過這種事，所以我記得。」

「其他呢？」

「其他沒什麼特別的事，就只有這個。」

「妳只有在那天，看到那個人？」

「我的記憶裡只有那天。」

「恕我不厭其煩地再問，妳十月三號沒有看到他嗎？」

「沒有。」

穗積理沙遺憾地垂下眉梢。尚美看她那副模樣覺得很可憐，但也無可奈何。飯店人有飯店人絕不能違背的規則。

「這樣可以了吧？」吉村問：「這個時段很忙，我想讓山岸回去工作崗位。」

「啊，好……當然可以，感謝兩位的協助。」

尚美與吉村走出會客室。吉村邊走邊說：「對照片裡的男性有印象，這種事不用說吧。」語氣略顯痛苦。

「對不起，我覺得她有點可憐。專程從東京來到這裡，卻沒有任何收穫的樣子。」

「派那種小丫頭來調查，沒收穫是當然的。妳不用為她擔心。」

「或許吧。」

儘管尚美如此回答，但也不得不承認心裡仍有疙瘩。被問到的事就老實回答，沒問到的事就不說。這樣真的好嗎？

回到櫃檯後，尚美再度投入住房業務。住房客人陸續抵達，也沒什麼大麻煩，時間就這樣過去。

告了一個段落後，尚美看到一位女性小跑步經過櫃檯。定睛一看是穗積理沙。她跑去跟服務台的門房小弟說話，手上拿的好像是那張照片。門房小弟輕輕地搖頭。

尚美心想，她可能在問那個問題吧。十月三號有沒有看到照片裡的男性。

穗積理沙又找了別的門房小弟和門僮談話後，搭手扶梯往二樓去。二樓有餐廳和商店。她可能想問那些工作人員吧。

終於到了晚上十點。在辦公室把工作移交給夜班後，尚美正想去更衣室時，看到吉村愁眉苦臉地從櫃檯進來，嘴裡不曉得在嘟噥什麼。尚美隨口問了一下：「怎麼了嗎？」

「那個女警還在喔！不僅問了工作人員，連客人都問。知道對方是這間飯店的常客，就拿出那張照片，問人家有沒有看過這個人。」

「這樣啊。她還真是打死不退。」

「我真想拜託她適可而止，死心算了。我們飯店才開幕不久，萬一傳出什麼奇怪的流言，那還得了！」

「她現在在哪裡？」

「在大廳。又不能趕她出去，真是傷腦筋。」吉村嘆息。

尚美走到櫃檯，確實看到了穗積理沙。她坐在大廳的沙發上，好像在打盹的樣子。

於是尚美從櫃檯的旁邊出去，走到她附近，輕聲喚了一句：「穗積小姐。」但她沒睜開眼睛。

正當尚美在她耳邊想再叫她一次時，她動了動身體，忽然打直背脊，眨了幾下眼睛，看著尚美：「啊……」

「妳好像很累的樣子。」

「不好意思，我居然在這裡睡著了。」穗積理沙用雙手整理頭髮。

「如果妳想休息一下，可以去工作人員的休息室。」

「哦，不，不用了。我有訂房間，不過是比這裡便宜很多的商務旅館就是。」

「今晚妳要住在大阪啊？」

穗積理沙點頭。「主管叫我明天搭第一班車回去。」

「第一班車？這真的很辛苦啊。」

「因為上午有偵查會議。在新幹線裡化妝就好了。」穗積理沙用左手的拳頭，開始敲打右肩。可能肩膀僵硬吧。

「當女警，很多事情都很辛苦哦。」

「是啊。不過我是帶著覺悟進入這個世界的。」

「穗積小姐為什麼會想當警察呢？」

穗積理沙嗯的沉吟了半晌。

「用一句話說，因為想打擊壞蛋。而且我超喜歡美少女戰士。」

聽到這個回答，尚美強忍笑意，不禁想像穗積理沙年幼時的容貌，可能和現在沒什麼變吧。

「可是現實很嚴峻。」穗積理沙忽然露出沮喪的表情。「例如現在，我只是男刑警的輔助，根本不會派什麼大不了的工作給我。」

「這樣啊。」

「所以這次來大阪出差，我拚著這口氣也要找到線索。因為上面對我下令的時候竟說，反正是沒有收穫的出差吧。妳不覺得是在看不起我嗎？」

「這可不行啊。下令的是男性嗎？」

「那該說下令嗎？總之提案的是警視廳搜查一課的男刑警。自信滿滿，一副菁英份子的踱樣……不過，他確實很聰明就是了。」

尚美覺得很有可能。職業婦女的敵人，到處都有。

尚美蹲下來，單膝抵著地板。

「我想問一下，剛才那張照片的男性，他說自己十月三號住在這間旅館嗎？」

「對啊。」

「一個人住嗎？」

「他說有個伴，是人妻……啊！」穗積理沙一臉慌張，連忙用手捂住嘴巴。

看來是和女人一起來。

「住房和退房手續，是他的女伴辦的嗎？」

「他是這麼說的。」

尚美點點頭，回頭望向櫃檯。現在只有一個年輕櫃檯人員在那裡，但沒在注意她們兩人。

「我有事想跟妳說，能不能請妳跟我來？」

「啊？」穗積理沙露出大感意外的表情。「什麼事啊？」

「說不定對妳有幫助。只不過妳要答應我一件事。」

「答應妳什麼事？」

「等一下再跟妳說，總之先跟我來。」尚美說完站了起來。

尚美往電梯廳走去，穗積理沙也一臉納悶地跟著她。

電梯上到四樓。這是宴會廳的樓層，現在一片靜謐。走廊上有一排沙發，尚美請穗積理沙坐下並坐在她身旁。

「我想請妳答應我的事，不是別的，就是請別把我接下來跟妳說的話，當作正式的證言處理。因為這只是我個人單純的推測，完全沒有當作證據的價值。不僅如此，這對利用我們飯店的客人而言，可以說是一種重大的背叛行為。可是我看到穗積小姐這麼拚命，想說或許能幫上妳的忙，所以才想告訴妳。怎麼樣，妳能答應我嗎？」

「我明白了。我答應妳。山岸小姐跟我說的事，我絕對不會告訴任何人。」

尚美「呼」地吐了一口氣。

「我相信妳的話。剛才那張照片，能不能再給我看一下？」

「好。」穗積理沙答道，從包包裡取出照片。尚美確認之後點點頭。

「剛才我跟妳說過，十月三號那天，我沒看到這位先生。不過這位先生很有可能住在我們飯店。」

「怎麼說？」

「為了說明這個原因，我必須先跟妳說，上次這位先生住在我們飯店的事。」

「哦，那個。」穗積理沙翻閱記事本。「剛才我請別人查過了，是七月十號，他用本名南原定之入住。和妳的記憶一樣。妳真的很厲害。」

「不敢當。其實那天，某位小姐也入住本飯店。住房手續是我辦的，所以印象非常深刻。為什麼呢？因為那位小姐散發出玫瑰的甜郁香氣。」

「玫瑰？」

「飯店裡噴香水的人不少，但隔著櫃檯還能聞到就相當罕見。但那絕不是令人討厭的味道，而是非常迷人的香味，我不由得還跟她聊起這個香水。」

穗積理沙面帶困惑地聽著。可能是不懂這番話和自己調查的事有何關連吧。

「隔天早上，出了一點狀況。那位先生辦完退房手續後，他把房間的毛巾放進自己的包包裡。」

「啊！剛才講的……就是這位先生吧。」穗積理沙再度看向照片。

「沒錯。我收下了毛巾，但那時我嚇了一跳，因為毛巾有一股玫瑰香氣。錯不了，一定是那位小姐散發的香氣。」

「所以說，那是……」穗積理沙睜大雙眼，猶如鯉魚求餌般動著嘴巴。

「接下來是我的想像。」尚美說：「我不知道事情的經過，但那位小姐應該去了他的房間，然後用了房間的毛巾。所以毛巾才會沾上她的香味。但那位先生收拾行李時，不小心把毛巾放進包包。可能是這樣吧。」

「這兩人有一腿吧。所以在這間飯店幽會。」

面對穗積理沙這句話，尚美偏著頭說：

「也有這種可能性，但我覺得不是。」

「不是？」

「我猜那時候，他們兩人是第一次見面吧？」

「怎麼說？」

「首先，他們各自訂了房間。如果要幽會的話，訂一個房間就夠了。還有，兩人都是刷卡付費。也就是說，兩人都用本名入住。」

「這樣啊。可是如果假藉工作名義來大阪，不確實訂房就沒有收據，所以非得用本名訂才行吧。」

「這也有可能。只是，幽會的話不會去酒吧吧？」

「酒吧？」

「那位先生的帳目明細裡，有『天空景觀酒吧』的帳單。我記得那個金額，以一個人來說有點多。還有，他還叫了客房服務，是香檳。這也不是一個人會喝的酒。所以我猜，他們兩人是在酒吧意外認識，然後轉移陣地去了那位先生的房間，然後又叫了香檳來喝。」

「咦？」穗積理沙定睛凝視尚美的臉。

「怎麼了嗎？」

「在飯店工作的人，總是這樣嗎？仔細觀察客人的行動，還做出各種想像？」

「不，並非總是這樣……我們是看著客人的一舉一動，想說有沒有什麼可以幫忙的，如此而已。」

「不過，三個月前的事，妳居然記得這麼清楚，真的很厲害。」

「這真的沒什麼。」

但其實，尚美是特別記得這兩個人的事。收下那位先生遞出的毛巾，被上面沾染的玫瑰香氣嚇到後，不久那位小姐就來辦退房手續。兩個人都離去後，尚美仔細看了他們的帳目明細，才做了各種想像。就飯店人而言，這不是值得嘉獎的行為。

「關於七月十號的事，我已經很清楚了。問題是十月三號，這位先生有沒有來這裡。」穗積理沙再度示出照片。

「最重要的事，我還沒跟妳說呢。也就是我認為這位先生，很有可能在十月三號來過飯店的理由之一。我已經說過好幾次了，那一天我沒看到他。不過那位小姐，確實有來飯店。」

穗積理沙的雙眼睜得更大了。「帶著玫瑰香味的小姐？」

「她辦退房手續的時候，我正在櫃檯。不過幫她辦理的是另一位櫃檯同事。那時我在旁邊看，發現是那位小姐。當然，那位小姐來飯店，也不代表照片裡的男性就一定和她一起來。」

「能不能告訴我，這位玫瑰小姐的名字？」

「呃……」尚美的身子往後退。「這不太方便……」

「我明白。在妳的工作上，不能隨便透露客人的名字。但這是為了逮捕兇手。求求妳，拜託妳。我絕對不會跟任何人說，是妳告訴我的。」穗積理沙擺出膜拜姿勢，頭不停地上下鞠躬。

尚美嘆了一口氣。

「請別這樣。妳這樣求我也沒用。我不記得她的名字。要是幫同一個人辦過好幾次手續，或許會記得，但只有服務過一次的客人，我實在無法記住客人的名字。」

尚美沒有說謊。縱使是那位帶著玫瑰香的小姐，雖然仔細看過她的帳目明細，但名字也只是瞥了一眼，完全不記得。

「這樣啊。說得也是哦。看來只能靠我們自己想辦法了。」穗積理沙一臉失望地搔搔頭。

「我認為以正式的辦案方式進行最保險。只是穗積小姐，妳別忘了最初答應我的事喔。照片裡的男性和帶著玫瑰香的女性發生關係，只是我的想像而已。就算事情真的如我所想，但若與案件無關，依然是嚴重侵犯隱私，違反保密義務。」

「我明白。我一定會遵守承諾，絕對不會說出山岸小姐的名字。請妳放心。」穗積理沙說得自信滿滿，還拍胸脯保證。

6

聽了穗積理沙的報告，本宮無聊地吐著煙圈。

「總之，查不到十月三號，南原那傢伙住在『大阪柯迪希亞飯店』的證據對吧。」

「沒有住房的痕跡，也找不到看見南原的人。」穗積理沙以稍顯僵硬的口吻說：「不過確認了飯店頂樓的『天空景觀酒吧』確實有辦『世界啤酒展』，十月四號上午，也有中國旅遊團辦退房手續的紀錄。」

本宮歪著嘴角，輕輕搖頭。

「說不定他早就知道啤酒展的事，所以這不能成為他三號住在飯店的證據。中國旅遊團也是，最近哪間飯店不都充斥著中國人？南原那傢伙可能是隨便亂猜，恰巧被他猜中而已。」

「是有這種可能啦。」

「好了，好了，查不到線索也沒辦法。這一趟原本就是要妳去確認沒有收穫。沒錯吧，新田？」

本宮轉問新田，新田說：「是啊。不過現階段，我認為還沒有必要在偵查會議談這件事。」

「也對。不過我會先跟組長報告一下。」本宮捻熄香菸，向穗積理沙說了一聲「辛苦了」，便走出吸菸室。

新田也跟著走出去，聞聞衣服上的煙臭味，皺起眉頭。

「為什麼不抽菸的人，也得在吸菸室討論事情？這樣分吸菸區和非吸菸區不就沒有意義了啊。」

「那個，新田先生……」隨後追出來的穗積理沙，一臉戰戰兢兢好像想說什麼。

「妳拿到大阪柯迪希亞飯店十月三號的住宿名單了吧？查一查裡面有沒有可能和南原有關的人。不過，若是和這次命案有關的人，可能不會用本名住宿吧。可是這種徒勞的事，不先做起來的話，上面會囉唆。」

「關於這個，我想起了一件事。」她豎起食指繼續說：「那是在泰鵬大學，第一次和南原先生見面時的事。」

「什麼事？」

「味道。他身上飄來淡淡的香水味。」

新田皺起眉心，盯著穗積理沙。「香水？」

「對，玫瑰的香味。」

「有這回事嗎？」

「確實有。之前我沒跟你說，其實我對氣味很敏感。」穗積理沙以指尖抵著自己的鼻子。「我爸媽還說，我簡直跟狗一樣。一般人聞不出來的氣味，我也聞得到。那天和南原先生見面的時候也一樣。」

「這樣啊。可是這有什麼問題呢？」

「那時候，我忽然在想，這個人明明是男人也會噴香水啊。但隨後又想想應該不可能，所以就暫時忘了。不過後來我不經意想到，會不會是沾到了香水味？」

「意思是別人的香水味沾到他身上？」

「對。這有可能吧？」

「是有可能啦，可是沾到誰的香水味呢？」

「問題就在這裡。南原先生是單身，也不確定他有沒有女朋友。不過我想一定有這個人。一個和他關係密切、能將自己的香水味沾到他身上的女人。」

新田眉頭深鎖，指著穗積理沙的胸口。

「妳該不會是想說，南原在大阪幽會的人妻噴了玫瑰香水？」

「四號他在京都出席學會，如果要沾染香味也只有三號的晚上。這晚，他可能真的和女人在一起。雖然不知道是不是人妻，不過兩人的關係匪淺是事實。」

「我們和南原見面是十月五號。兩天前沾到的香味，還會留著嗎？」

「衣服一旦沾了香味很難消失。我知道有很多外遇都是這樣被發現的。」

新田站著交抱雙臂，俯視穗積理沙。

「就算真的是這樣，要怎麼找那個女人呢？」

「我認為，」穗積理沙說：「南原先生說他住在『大阪柯迪希亞飯店』是真的。他沒有理由說謊。雖然這次出差，找不到他住過的痕跡很遺憾。」

「所以怎樣？光是盯著住宿名單看，也看不出是誰噴了玫瑰香水吧？」

「我也跟飯店借了住宿登記表回來。那是用手寫簽名的，上面極有可能印著住宿客人的指紋。」

「妳想怎麼做？一張一張去聞住宿登記表的味道，看哪一張沾有玫瑰香水味？」

新田故意調侃她，她卻一臉正經看著新田說：

「我剛才也報告過了，南原先生在七月十號也住過『大阪柯迪希亞飯店』，搞不好，那天他也和玫瑰小姐在一起。」

「那天他是用本名入住吧？那就不可能吧。」

「我覺得很難說喲。要查查看才知道。」

「要怎麼查？」

「其實，我把七月十號的住宿登記表也借回來了。只要和十月三號的住宿登記表核對指紋，就算用的是假名，應該也能查出同一個人是否有住宿吧。」

穗積理沙的口氣顯得頗有自信。這讓新田大感意外，靜靜盯著她的臉看。穗積理沙似乎受不了這樣被盯著看，只好把眼珠子斜斜地往上轉。

新田幾經輾轉尋思後，喃喃地說：「這個主意不錯。」

穗積理沙的臉頓時亮了起來：「對吧？」

「推斷實行犯的偵查工作也停滯不前，現在只能讓南原自願吐實。要是指紋核對的成果能成為最後的王牌就萬萬歲了。我去跟組長說說看。」新田大步邁出，穗積理沙小跑步跟在後面。

稻垣等人採納了新田的提案，隨即進行大規模指紋核對。七月十號與十月三號，兩天的住宿登記表有數百人份。但只限定於一名女性客人，數量就大幅減少了。核對指紋之前就知道兩天的住宿客人有多少。若用本名登記，從簽名就能看得出來。大部分的客人似乎都是常客。

開始核對指紋後的第二天，稻垣把新田、本宮和穗積理沙一起叫來。

「鑑識課找到了喔。」稻垣說完，將一張從畫面列印出來的A4紙放在桌上。

本宮拿起來看。新田從旁湊過來看。

上面印著兩張住宿登記表。一張日期是七月十號，另一張是十月三號。

「指紋吻合是嗎？」

本宮問，稻垣「嗯」了一聲簡短回答。

新田看了一下簽名。七月十號簽的是「畑山玲子」，十月三號則是「鈴木花子」。

「子」這個字明顯寫得很像。新田指出這一點，稻垣也用力點頭。

「當作同一個人的筆跡，應該不會有錯。」

「鈴木花子啊……這個很明顯是假名。」本宮說。

「鈴木花子」的地址是東京都港區南青山。另一個「畑山玲子」寫的是住在橫濱。

「畑山玲子是本名。」稻垣低聲說。

新田不禁睜大眼睛：「真的假的？」

「當天她刷卡付費，住宿名單留有紀錄。」稻垣說完，目光銳利地看向穗積理沙。

「說不定妳會立下大功喔，穗積。」

年輕女警打直背脊並深深一鞠躬：「謝謝組長！」

稻垣苦笑地說：「現在高興還太早。還沒確定南原和這名女子在一起呢。」然後將視線轉回本宮。「火速去調查這名女子。但是，千萬小心謹慎。」

「我明白。」本宮回答：「如果她就是南原口中所說的女人，這其中一定有什麼錯綜複雜的內情。」

「就是這麼回事。拜託你了。」稻垣的眼神發出沉穩的光芒。

7

架上擺飾著一個罈子，穗積理沙走到罈邊，挺直上半身窺探罈內。罈子的高度約五十公分，表面以鮮豔色彩畫著展開的扇子與花卉。嚴格來說這不是罈子，是花瓶吧。

「我實在不懂擺飾這種東西的人的心思。特地做這麼大一個架子，上面只放了一個罈子，根本是浪費空間。」

「別和妳的房間相提並論。這個房間這麼大，不擺點裝飾也太冷清了。」新田環顧室內。這個房間大概有十坪大，真皮沙發排成ㄈ字型，中間夾著一張大理石茶几。

「真的，太豪華了。美容沙龍有這麼好賺嗎？」

「我也不知道，看經營方式吧。這不重要，倒是妳別去摸人家的東西。」新田看到穗積理沙開始摸罈子的表面就趕快出言制止。「那可是有田燒喔。以這個大小來看，大概將近一百萬。打破的話，妳好幾個月的薪水就飛了。」

「咦？這麼貴啊！不能摸，不能摸。」穗積理沙回來坐在新田的旁邊。

兩人來到畑山玲子的公司。這是一間經營美容沙龍與運動健身俱樂部的公司。在服務台表明身分說要見社長後，便被帶到這間會客室。

過了不久，門口傳來敲門聲。新田應了一句「請進」之後站了起來。

一名女子開門走了進來。一襲白色套裝，內搭粉紅色針織衫。之前已經調查過她四十歲，但看起來更年輕。五官深邃，有點異國風情，一頭及肩的秀髮和她很搭。

「不好意思，讓兩位久等了。因為工作一直處理不完。」畑山玲子聲音沙啞地說。

「哪裡，別這麼說。我們才不好意思，百忙之中來打擾您。」新田示出身分證明並報上姓名，也介紹了穗積理沙。

可能是女警很罕見，畑山玲子以耐人尋味的眼神凝視她之後，伸出右手說：「請坐。」空氣輕飄飄地往新田這裡移動。

「謝謝。」新田往沙發坐下，和坐在對面的畑山玲子面對面。這個瞬間，他忽然覺得自己的心，被她的眼睛吸進去了。

「請問有什麼事嗎？」畑山玲子問。

新田自覺到自己的思考停止了一瞬間。連忙坐正姿勢，舔舔嘴唇。

「是這樣的，我們正在調查某起案件。就在查案的過程中，出現了非得向畑山小姐確認的事。」

「是什麼事呢？」

新田向穗積理沙使了個眼色。因為來這裡之前，稻垣也說由年輕女警發問比較能拉進和對方的距離。

穗積理沙攤開記事本，做了一個深呼吸。明顯看得出她很緊張。

「我們想問十月三號那一天，畑山小姐人在那裡？」

新田凝視畑山玲子的臉，即便是細微的表情變化也不想錯過。但是很遺憾地，她臉上絲毫不見驚慌或狼狽之色。

「究竟是什麼案件？跟我有關嗎？」

「這一點現在還很難說。所以這個時間點，我們也不能跟妳說案件的內容……實在很抱歉。」

畑山玲子深深吸了一口氣。胸部隆起，臉的位置也稍微變高了。以居高臨下般的姿態俯視女警。

「我不太了解警方如何辦案，但問我幾月幾號在哪裡，也就是在確認所謂的不在場證明吧？意思是因為某個案件，我遭到懷疑了嗎？」

「不，絕對不是這樣……」

「那麼是怎樣？」

「是這樣的，有一個和案件有關的人，主張那一天，他在某個地方。我們要確認他說的是不是事實，所以要問那一天在那個地方的人。要是詢問的結果確定與案件無關，就會從紀錄裡全部消去。」穗積理沙拚命地解釋。雖然有點笨拙，但也能毫不停頓地回答，是因為她事先已經預料到對方會問這個問題。

「請等一下。這麼說，你們早就知道那一天我在哪裡吧？」畑山玲子說，語氣帶著些許不悅。

穗積理沙看了新田一眼，似乎不知如何回答。

「對。」新田直接了當地回答：「妳說的沒錯。我們掌握了大致的情況。不過，盡可能還是要跟當事人確認。」

畑山玲子的眼裡閃現冷徹的光芒。

「你們怎麼會知道呢？是聽誰說的嗎？」

「這就任憑想像了。辦案有很多方法。」

女實業家的美麗臉龐瞬間失去了表情。新田覺得她在腦中思索各種算計與意圖。

不久後，她開口了。

「這事關個人隱私，我不太想說。」

「拜託妳勉為其難，求求妳。」新田低頭懇求。一旁的穗積理沙也跟著低頭。

「真是沒辦法啊。」畑山玲子嘆了一口氣說：「那一天，我在大阪。」

新田抬起頭。「大阪的哪裡？」

畑山玲子直勾勾瞪著新田的眼睛答道：「大阪柯迪希亞飯店。」

「妳一個人？」

「對。」

「妳在那裡住房過夜？」

「是的。」

「目的為何？」

畑山玲子挑起眉形秀麗的右眉。「為什麼我必須說我的目的？以你們剛才的說明，應該沒這個必要。」

「妳說的對。對不起。」新田立即道歉。這種小伎倆，似乎對聰明的女人無效。

「妳辦住房手續時，用的是本名嗎？」

畑山玲子似乎在壓抑怒氣，停頓了半晌後，輕輕搖頭說：「不是，我用的是假名。」

「為什麼用假名？……啊，沒事，這個不用回答沒關係。妳用的是什麼假名呢？」

這時她也停頓了半晌才回答：「鈴木花子。」

「妳在飯店，從幾點住到幾點？」

「住房是三號的下午七點左右。退房是隔天的上午十點多。」

一旁的穗積理沙連忙做筆記。新田側眼瞄了她一下，然後將視線轉回畑山玲子。

「妳經常去大阪嗎？」

「一年去個幾次吧。因為我在那裡有分店。」

「可是十月三號去大阪，不是為了工作吧？因為妳用的是假名。」

畑山玲子狠狠瞪了新田一眼，然後看看手錶。

「如果沒有別的問題，我想失陪了。」

「最後，我想讓妳看一個東西。」新田向穗積理沙使了個眼色。穗積理沙便從包包裡拿出一張照片，問畑山玲子：「妳見過這位男性嗎？」這是南原定之的臉部照片。

畑山玲子瞥了照片一眼，淡定地回答：「不認識。」

「請妳仔細看清楚。」新田窺探她的反應，依然窮追不捨。「妳沒在大阪的飯店見過他嗎？」

「因為做生意的關係，我很擅長記住人的長相。但我不記得見過這個人。可以了吧？我沒時間了。」

「可以。非常感謝妳的協助。」

穗積理沙也跟著說謝謝。但這時畑山玲子早已起身，而且背對著他們。

走出公司後，新田說：「這下確定了。就是那個女人，錯不了。妳也這麼認為吧？」

「我是覺得有什麼內情。打從一開始，她就擺出一副警戒的樣子。問她不在場證明，她居然很不高興，這也很奇怪。」

新田停下腳步，看著穗積理沙：「只有這樣？」

「啊？」

「突然有刑警來訪，當然會有所警戒。沒說明是什麼案件，突然就被問不在場證明，任誰都會不高興吧。那種反應很正常，沒什麼好奇怪。」

「那你為什麼說確定了？」

新田目不轉睛盯著穗積理沙的臉：「妳是真的不知道？」

她困惑地眨眨眼睛。新田摸摸自己的鼻子說：

「她噴了玫瑰香水。剛開始和她面對面時，我就聞到了。」

「啊！」穗積理沙目瞪口呆，嘴巴張得很大。

「妳沒聞到嗎？妳那跟狗一樣的嗅覺怎麼了？」

「呃……因為今天有點鼻塞。不過經你這麼一說，真的耶，我確實也有聞到。是玫瑰，沒錯。」

新田直勾勾地盯著她，她有些尷尬地退了一步：「怎麼了嗎？」

「沒有，沒什麼。回總部報告吧。」新田邁開步伐。

「只是聞到玫瑰的香味，這不能當作關鍵證據吧。」稻垣聽了新田他們的報告，表情蒙上一層陰霾。「對方的反應如何？有驚慌狼狽的樣子嗎？」

新田噘起下唇，搖搖頭。

「反倒是一副堂堂正正的樣子。是因為沒做虧心事嗎？還是因為警察來了只好下定決心面對？兩者都談不上。但不管怎麼說，她是個不簡單的人，千萬大意不得。」

「不過至少，她承認十月三號在大阪柯迪希亞飯店。」

「因為隱瞞也沒有用吧。她可能已經認清事實，警方既然來了，想必掌握什麼清楚的證據吧。要是亂撒謊，反而會被問一些有的沒的，她討厭這樣吧。」

「或許如此。那接下來怎麼辦？」稻垣尋求一旁本宮的意見。

「問題在於，這個女人跟命案有什麼關連吧。不過話說回來，得先查一查她是否真的是南原的女人？」

這個疑問，新田也沒能找到答案。南原在大阪見面的女人可能是她，但完全找不到她和命案的關係。

畑山玲子的經歷幾乎都查出來了。她是橫濱某資產家的獨生女，在當地的大學畢業後，去美國留學兩年，回國後在外資公司上班，三十歲時，在父親的援助下創業，開了專攻肌膚保養的美容沙龍，非常成功。之後也以首都圈為中心擴展分店。結婚是在三十二歲時，對象是大她十歲、創業初期便是她左右手的夥伴。她和這個人現在也沒有離婚。換言之，如果南原見面的女人是畑山玲子，那麼他說「十月三號晚上和人妻密會」的供述就不是謊言。

畑山玲子與丈夫之間沒有小孩。母親早逝的她，現在的親人只有現年八十二歲的父親。但父親從春天病倒以來，一直處於昏迷不醒的狀態，沒有康復的希望，隨時斷氣都不足為奇。

無論怎麼調查，都找不到畑山玲子與這起命案的接點。就連和南原的關連也完全找不到。只能認為畑山玲子本身和命案無關。

於是他們決定再把南原叫來問。在偵訊室裡，新田拿畑山玲子的照片給他看。

「十月三號的晚上，你見面的女性，是這個人吧？」

南原的眼神露出驚愕與慌張之色，新田看得很清楚。他大概沒料到會這樣被將一軍。可能他一直告訴自己，不要有表情，但臉頰的肉明顯僵硬了起來，耳朵也紅了。同席的本宮，眉毛抽動了幾下。

但南原不承認。他用呻吟般的聲音回答：「不是。」

「我真搞不懂你。為什麼你要裝蒜呢？承認的話，這可以成為你的不在場證明喔。如果你要我們為兩人的關係保密，我們也是會盡力幫忙。想要瞞著那位小姐的老公也不是不可能。你還是老實說比較好。」

但南原的態度沒變。

「我沒有在裝蒜。不是就是不是。我不認識這位小姐。你們不要欺人太甚。」

聽完這番怒氣沖天的話，新田也只能和本宮與穗積理沙面面相覷。

結果這天就這樣放走了南原。

回到特搜總部所在的大講堂向稻垣報告。聽了南原否認一事，組長愁眉苦臉地回答：「這樣啊。」

「到底是怎麼回事？看他那個樣子，絕對沒錯。她一定是南原說的那個女人。可是為什麼他就不肯乖乖招認呢？真是令人費解啊。」本宮語帶焦躁地說。

稻垣將視線轉向新田，問：「你是怎麼看的？」

「我的看法和本宮先生一樣。南原看到畑山玲子的照片時明顯露出驚慌之色。」

「嗯。」稻垣點點頭：「如果你們的眼力可靠，那麼南原就有不在場證明。可是他為什麼要隱瞞這個？不惜被冠上殺人嫌疑也要隱瞞的事究竟是什麼？」

對於上司的質問，新田和本宮都只能沉默以對。想破頭也想不出答案。

8

自動門打開後，新田和穗積理沙踏進一個深咖啡色雅緻牆壁圍繞的空間。在適度低調的照明下，擺著皮革椅子，宛如高級飯店或酒吧的風情。

「你好，歡迎光臨。」一位穿著套裝的女子在左邊的櫃檯笑臉相迎。

新田一邊走向櫃檯，一邊將手伸入內袋。穗積理沙也跟隨在後。

「不好意思，我不是客人。我是這個。」新田出示附帶身分證明的警徽。

女子的笑容變得要笑不笑，僵硬了起來。新田盯著她的臉說：「我想見負責人。」

「請稍等一下。」女子拿起旁邊的電話，低聲地不曉得在說什麼。終於掛斷電話後，對新田說：「店長馬上就來。」

不久出現一位三十歲左右的女子。她自稱姓前村。

新田和穗積理沙被帶到隔壁的員工室。裡面擺了雜亂的桌椅，有幾名員工正在工作，靠牆的架上堆著高高的紙箱。和剛才大廳的氛圍大相逕庭。

員工室的後面隔出一個空間，看似是會客室，擺著簡單的沙發。新田和穗積理沙並排坐在沙發上。

這裡是畑山玲子經營的美容沙龍之一。但這間店有個特徵，和其他的店不同。那就是男性專用。

「今天我們來拜訪，是想確認一些事情。」新田照例拿出南原定之的照片。「請問這位男性，有沒有來過這間店？」

前村看著照片，表情蒙上一層陰霾。

「我無法記得每位客人的臉……」

「那，知道名字可以嗎？你們當然有會員名冊之類的東西吧。」

「有。但那是客人的個人資料，我無法隨便透露。」

「那麼，妳可以跟上面的人談一下嗎？如果需要搜索票，我可以去申請。」

前村一臉困惑地眨眨眼睛說：「我去跟公司的董事商量一下。」接著又說：「這棟大樓裡有辦公室，董事在那裡。」

「這樣啊。那就麻煩妳了。」新田低頭致謝。

前村離去後，新田稍微鬆開領帶。往旁邊一看，穗積理沙已經在看這間店的宣傳簡介，不知道她什麼時候拿到手的。

「嗯哼，居然也有人來做鬍子的脫毛。我覺得留點鬍子比較帥說。」

聽到這個，新田想起南原也留著稀疏的鬍子。

南原說不定是美容沙龍的客人，這是稻垣提出的看法。確實這樣就有可能和畑山玲子認識。這對認定美容沙龍的客人都是女性的新田而言，是嶄新的發想。

他們察覺到有人靠近，結果出現的是一名男子。後面跟著店長前村。

新田正要起身，這名男子說：「請坐著就好。這次辛苦了。」說著便遞出名片。頭銜是專務董事，姓名印著「矢部義之」。

「百忙之中，拜託您這種麻煩的事，真的很抱歉。」新田致歉。

「不會，想必是很重大的事情吧。」

年齡約五十歲左右，中等身材，五官長得頗有氣質。理著一頭短髮，顯得乾淨俐落。新田不禁暗忖，這就是男人護膚的效果嗎？

「聽說日前，你也去了畑山那裡？」

聽到這句話，新田有點意外。「您知道啊？」

他忽然綻出笑容：「她是我的妻子。」

「啊？」

「我是畑山的丈夫。在工作上，我用的是舊姓。」

「哦。」新田再度確認名片。換言之，眼前這個人的本名是畑山義之。

「聽說日前，您在問我太太的行蹤。然後今天，您是來問客人的事情……請問您到底在偵辦什麼案子？」

「對不起，關於案情我無法明說。更何況，我也沒被告知關於案情的詳細情況。我只是奉命辦事。」

畑山似乎無法完全接受，但也點頭說：「這樣啊。所以你是來調查，某位男性是不是我們的會員？」

「是的，就是這位男性。他的名字叫南原定之。」新田示出照片。

前村在畑山的後面問：「我去查查看吧？」

「不，我們自己調查的話，刑警們可能無法認同。把會員名冊和來客名冊給他們看，讓他們自己確認。」畑山看向新田繼續說：「這樣比較好吧。」

「可以的話。」

畑山命令前村：「帶他們去看。」

「穗積，拜託妳了。」新田對穗積理沙說。她一臉幹勁十足地點頭，站了起來。

「那張照片裡的男性，是什麼案件的嫌疑人嗎？」兩人離去後，畑山問。

「呃，現在還不能說……」新田答得含糊其詞，內心卻在嘟囔，說不定是你老婆的外遇對象。

新田拿起剛才穗積理沙在看的宣傳簡介，下面的欄位羅列著系列店名。

「你們是夫妻倆共同經營公司，但創業的好像是夫人吧。而且年紀輕輕三十出頭就創業了，真的很了不起。當然你在背後的支持也很夠力吧。」

「我的力量真的微不足道。」

「真是這樣嗎？」

「我妻子擁有事業成功必需的三個要素。」畑山豎起右手的三隻手指。「愛、勇氣，還有運氣。雖然每個人多少都擁有這三個要素，但她擁有的強度非比尋常。當這三個要素合而為一，她就能發揮神奇的力量，甚至能改變人心。我根本不算什麼，只是默默跟著她。所以要入贅時，我毫不躊躇。」

「這樣很好啊。只要愛得夠堅定的話。想必夫人也很愛你吧。」

「是啊，她很愛我。」畑山毫不靦腆地說：「我也很愛我妻子。無論發生什麼事，我都會保護她。」

「能說出這種話是很美好的事。」

「謝謝你。」畑山低頭致意。

這個男人其實有察覺到老婆外遇吧——新田忽然這麼覺得。

過了一會兒，穗積理沙回來了。新田問她結果如何，她沮喪地搖搖頭。

9

眼睛離開電腦螢幕後，新田以指尖按揉雙眼的眼皮。因為長時間盯著電腦，眼睛又痠又痛。左右轉動一下脖子，肩膀還發出喀喀的聲音。

忽地定睛一看，穗積理沙坐在有點距離的位子上張著嘴巴大睡，眼看就要打呼了。剛好旁邊有空的塑膠瓶，新田拿起來就往她扔過去。非常漂亮地擊中她的頭部。她驚醒睜眼，東張西望。

「喂！」新田說：「要睡去別的地方睡。這樣會害我分心。」

「啊，對不起。」穗積理沙用手背擦拭嘴角。看來是睡到流口水了。

兩人此刻在警署內的小會議室，將南原定之與畑山玲子的經歷等相關資料拿來這裡，尋找兩人的交集點。但找到現在，什麼也沒找到。

「我認為做這種事沒有用啦。」穗積理沙話一出口便慌忙用力搖手。「啊，我不是因為這種工作很無聊才說的。」

「為什麼沒有用？」

「因為我覺得那兩個人沒有交集點。他們一定是七月十號在『大阪柯迪希亞飯店』才第一次見面的啦。也就是所謂的危險遊戲。」

「為什麼妳敢如此斷定？」

「那是因為……女人的直覺。」

新田啐了一聲。

「如果妳這個直覺準的話，對南原而言，畑山玲子就不是什麼大不了的人吧。既然如此，何必在意對方的外遇會被發現，直接說出十月三號的不在場證明不就結了？」

「嗯，這麼說也有道理啦。」

「南原不這麼做，想必有什麼複雜的隱情。但反過來說，我們只要找出這個隱情或許就接近破案關鍵了。妳少在那邊廢話，快把手邊的資料仔細看完。」

「是！」穗積理沙舉起一隻手。新田皺起眉頭暗忖，這傢伙是在瞧不起我嗎？

偵查進度依然遲遲不見進展。連日來，出動了大批搜查員賣力偵查，但沒有什麼特殊成果。岡島孝雄的周遭，除了南原以外，仍然找不出有動機的人。但也沒有任何證據可以將南原鎖定為兇手，因此甚至有人提出，這可能是臨時起意的犯行。犯人潛入室內想要偷盜，看到岡島怕他出聲大叫，因此將他刺殺身亡。雖然這並非不可能，但這名小偷潛入研究室究竟想偷什麼？於是這回有人提出奇妙的看法，該不會是想偷考題的研究生幹的？當然立刻被駁回。因為這種東西不會放在研究室裡。

新田提出的南原委託第三者下手的說法，依然得到支持。但無論怎麼調查南原的周遭，都找不到可能會接受這種委託的人。這時浮出檯面的是暗黑網站論調。網路上有好幾個這種網站，就是沒工作、但只要給錢什麼都肯做的人集結而成的網站。南原會不會是進入這種網站，徵求願意殺人的人。

可是關於這一點，負責調查南原資產的人提出異議。他們說，目前南原的銀行帳號沒有大筆金額流動的跡象，而且他的存款根本沒有多到可以委託殺人。幾年前因為買了公寓，現在還有貸款呢。

聽了這番話，新田萌生了新的疑問。假設南原委託別人去殺人，那麼報酬是什麼呢？若無法付出大筆酬勞，那麼會給對方什麼呢——？

新田盯著電腦在思索這些事時，忽然聽到來電鈴聲。穗積理沙接起手機。

「對，是我……當然在工作啊……這還用問嗎？」她從椅子起身，邊走邊講，往門的方向走去。聽那個口吻，像是朋友或家人打來的。「……妳在說什麼呀。我現在是當一課刑警的輔佐喔，累死我了。真的啦。」

新田驚愕得目瞪口呆。對方是署裡的人嗎？

「每天都走到鐵腿，鐵腿喔！妳知道鐵腿是什麼嗎？就是一直走一直走，走到腿都僵硬了……咦？割草啊，蠻好玩的嘛……好啊，等一下我問刑警看能不能換人。那就醬囉……好，加油喔。」結果穗積理沙沒有走出室外，就講完電話便回到位子了。「不好意思。」

「講電話去外面講。」

「對不起。」

「什麼割草啊？」

「哦，剛才打來的女生，是我在交通課的朋友，為了這次案子在大學裡和周邊尋找凶器，今天還被命令割草，所以抱怨了一下。」

「嗯哼，確實蠻辛苦的。」

轄區的員警都是這樣。打雜跑腿是他們的工作。

「我說割草蠻好玩的，她說要跟我交換工作。」

「原來如此。所以妳就說要來問我能不能換人？」

「對啊。割草和訪查，哪個比較輕鬆呢？」穗積理沙歪著頭說。

新田交抱雙臂，狠狠瞪著她。

「工作哪有輕鬆的，尤其關於偵辦命案。」

「果然是這樣啊。」

「本來就這樣。組長和主任們在分配工作時，是考慮每個搜查員的情況，適才適所，而且負擔要盡量公平。有本事妳換工作看看吧，到時候妳就會知道對方……」新田說到這裡，腦中靈光乍現，猶如彈跳般站了起來。

「哇！」穗積理沙嚇得身子往後仰：「你怎麼啦？」

但新田沒有回答，只是站著閉上眼睛，以便整理剛才閃過腦海的思緒。想想哪裡有沒有矛盾？有沒有分歧？

不久新田睜開眼睛。穗積理沙目瞪口呆地仰望著他。

「怎麼了嗎？」她有點膽怯地問。

「我找到答案了。」新田丟下這句話，便朝著門口走去。

10

走在走廊時，會議室的門開了，出來了三個大人物。新田停下腳步，讓路給他們過。一位是並非直屬上司的管理官，其他兩位是別組的組長與主任。管理官目光犀利猶如瞪人似的看著新田，但沒說什麼便從他的前面走過，主任也緊追在後，唯獨組長停下腳步。

「事情談完了。」組長的國字臉，露出可怕的笑容。「你注意到很棒的地方，真是了不起啊。」

「不敢當。」

「我跟稻垣組長說了。如果他不要你的話，隨時說一聲，我們很歡迎你來。」

「謝謝。」

組長拍拍新田的肩，便朝走廊走去。

這裡不是八王子南署，而是警視廳搜查一課的樓層。

新田敲敲會議室的門，聽到稻垣粗魯地應了一聲「請進」。

會議室裡，稻垣與本宮在等著新田。桌上擺著好幾張文件。

「來，坐下。」

稻垣說完，新田便在他們的對面坐下。

「那邊的案子內容，你掌握了嗎？」稻垣問。

「剛才稍微查過了。管轄是深川西警署吧。」

稻垣點點頭，拿起一張文件。

「報案時間是八月二號早上七點十分。一位住在江東區深川的家庭主婦打電話來報案，說一名女子倒在巷子裡，而且好像死了。急救隊和警方立即趕去，不久便確認死亡。同時從死者攜帶的物品也判明了身分——」

「死者是住在附近，在餐飲店工作的伊村由里小姐，二十八歲。」新田猶如接話般繼續說：「據說脖子有勒痕。」

稻垣放下文件。

「上班地點是銀座的酒店。最後被目擊的時間是，八月二號的清晨兩點左右。那時她向店長等人打招呼後離開酒店。也有人目擊到她在酒店附近搭上計程車。可能是下了計程車，走回自家公寓時遭到襲擊。命案現場的巷子，是從大馬路走向公寓的捷徑。可以推定不是臨時起意，而是觀察被害人日常行動後才犯下的案子。」

「既然是酒店小姐，嫌疑候補人很多啊。」

「公開場合別說這種話。這是職業歧視喔。實際上，她既沒有工作上的麻煩，也沒有和客人有奇怪的關係，私生活也很簡樸，人際關係也沒什麼紛爭。實在是看不出有什麼異樣，所以臨時起意的犯行也成為有力的看法。但是後來，在被害人的房間發現了一封信。」

「信？」

「寄信人是名男子，收信人是被害人的母親。母親在幾年前往生了。信裡寫的日期已經快二十年前。內容除了關心母親的健康，還寫了重大事情。這名男子在信裡承認，被害人是自己的女兒，希望自己死的時候，能讓女兒繼承遺產。」

「這名男子是……」

稻垣將桌上的文件轉了半圈，推給新田，然後指著上面一個名字說：「畑山輝信——就是畑山玲子的父親。」

「說到她父親，我記得一直處於昏迷狀態吧。好像已經活不久了。」

「沒錯。」

新田點點頭，交互看著稻垣與本宮。「原來如此。原來是這麼回事啊。」

「深川西署的特搜總部那邊，無法確認伊村小姐和畑山玲子有接觸。」本宮說：「但是，伊村小姐的手機有登錄畑山輝信的電話號碼。有好幾次通話紀錄，最後的通話是今年三月。」

「輝信病倒是在那之後的事。不曉得怎麼知道這件事的伊村小姐，很可能去見了畑山玲子。」新田說：「為了主張自己是輝信的小孩。」

「沒錯。」稻垣點頭。「雖然被害人沒有獲得輝信的正式認定，但有那封信為證。實際上是否為親子關係，也可以藉由 DNA 鑑定來確認。上法庭的話，也會被認定為非婚生子女吧。」

「一旦認定的話，非婚生子女也可以繼承遺產。相對地，畑山玲子就會被剝奪部分遺產。」

「畑山家的資產，幾乎都還是父親的名義。而且畑山玲子可能認為，可以獨自繼承所有的遺產，所以才會那麼大膽做生意吧。根據調查，她公司的經營狀況並非很好，畑山玲子希望能有生前贈與，但父親處於昏迷狀態，無法得到。」

「也就是說伊村由里的出現，對畑山玲子是很大的失算。」

「查出這件事時，深川西署的特搜總部也大為振奮呢。」本宮右臉頰浮現皮笑肉不笑的笑容。「因為終於找到有動機的人了。」

「可是他們的期待落空了。」新田將視線轉回稻垣。「畑山玲子有不在場證明。」

「而且是完美的不在場證明。」稻垣再度指向文件的一部分。「七月二十九號到八月十號，畑山玲子與丈夫一起去加拿大旅行。」

「海外啊？」新田抬起屁股看了一下。「真厲害，跟南原的等級截然不同。」

「當然，這個不在場證明也確認了。所以他們的特搜總部，也像我們這次一樣，搜尋有可能袒護畑山玲子的人，但到頭來還是找不到。」

「結果特搜總部會解散，是這樣吧。」

「你別一副很樂的樣子。」稻垣怒瞪新田。「我們自己會怎麼樣還不知道呢。」

「我明白。那麼，接下來該怎麼做？」

「首先是DNA鑑定。因為從被害人的指甲，驗出了本人以外的DNA。如果鑑定出來有嫌疑，那就共同偵辦。有別的問題嗎？」

「沒有。」

「好！」稻垣站了起來：「沒必要悠哉地等鑑定結果出來，先做好準備！」說完這句話，稻垣便走出會議室。

新田的視線從關上的門轉到本宮臉上。前輩刑警抿著嘴，瞇著眼睛看過來。

「你有什麼不高興嗎？」

本宮「嘖」地啐了一聲。

「你現在想必很樂吧。大膽的推理居然猜中了，心情如何啊？」

「現在還不能斷定猜中啦。」

「你少跟我口是心非，明明爽得要命。不過，你真的很行耶。多虧了你，不只我們的案子，說不定別人的案子都能破案呢。組長也很得意喔。」本宮鬆開領帶，站了起來，拿起掛在隔壁椅子的外套。「好，走吧，重新蒐證。」

「遵命！」新田也起身。

本宮所說新田的大膽推理是，可能是交換殺人。

如果南原委託別人去殺人，給對方的報酬是什麼呢？尤其對方若擁有龐大的資產，他能付出什麼對等的東西嗎？所以果然只有殺人。請對方去殺死自己想殺的人，自己也去殺死對方想殺的人。由於被害人與實行犯之間沒有任何關連，不管警方怎麼調查人際關係也找不到實行犯。而委託的那一邊，也能做出完美的不在場證明。堪稱一石兩鳥。

那麼，和南原締結交換殺人契約的人是誰呢？而且是警方絕對無法查到他和對方有關係的人。

想到這裡，新田的腦海浮現畑山玲子。縱使被懷疑殺人，南原也持續否定與她的關係，理由可能就在於她是交換殺人的對象吧。

如果這個推理正確，那麼過去發生的未偵破命案中，一定有畑山玲子遭到懷疑，卻有銅牆鐵壁般的不在場證明，這種案子必定存在。

對於年輕部下離奇的推理，組長即便一臉詫異也豎耳傾聽。然後聽完五分鐘後，便打電話給管理官。接著六小時後，深川的命案情報就出來了。由於是警視廳負責的案子，當然也和搜查一課有關。剛才從會議室出來向新田說話的組長，就是實質上的偵辦負責人。

11

南原定之以殺人罪被逮補。取得逮補狀的是負責深川命案的偵辦團隊。關鍵果然是DNA的鑑定結果。從被害人指甲驗出的DNA，和南原的DNA 99%以上吻合。

南原開始全面自供，不是在深川西警署，而是在警視廳的偵訊室。偵訊官說，當南原知道是因為深川命案被逮捕時，似乎已經死心了，毫不驚慌地淡然招供。

供述內容也立刻傳到新田這邊來，概要大致如下：

南原與岡島孝雄的關係，到去年為止都還很好。與企業共同研究的新素材開發，也終於要結束了。

南原將研究者的人生賭在這個研究計畫上。回顧以往，他的研究生涯絕非一帆風順。助手時期跟的教授，眼裡只有校內無聊的派系鬥爭，對研究根本不積極，命令南原做的淨是一些雜事，也使得南原沒什麼時間做自己的研究。儘管如此，要是教授在派系鬥爭贏了可能還有點意義，但結果卻相反，教授被半流放般地轉到別所大學去了。之後南原在很多教授下面做事，「極限點的MKE製法」就是在這種艱苦的環境中做出來的。這是讓他晉升副教授的發明，也可說是他唯一的金字招牌。所以他很感謝岡島的研究計畫採用了這個製法。

但是到了終於要進入實用化研究的今年，岡島開始提倡轉換方針。不使用幾乎已經敲定的南原技術，想引進別的技術。

這對南原來說，非常難以接受。更何況他這項花了長年歲月建構起來的獨門技術，已經取得專利。只要這個技術得以運用，其他各種不利的事他都能忍下來。

但岡島已下定決心，並逐步進行轉換方針的準備。雖然這是和企業的共同研究，但研究計畫的統括負責人是岡島。只是一顆棋子的南原，不可能擋得住這種潮流。

他在鬱悶到快破表的七月因為有事去了大阪。晚上住在大阪柯迪希亞飯店。飯後，他到最頂樓的酒吧喝酒。因為只有自己一個人，他坐在吧檯區。

隔壁坐著一位小姐。散發著玫瑰香的小姐。因為酒保的小失誤，兩人有了交談機會。結果知道她也是因工作而一個人來到大阪。

這個人就是畑山玲子。

之後兩人聊得很愉快。南原因為岡島的事鬱悶了好一陣子，難得心情如此愉快。畑山玲子是兼具知性與性感的女性。和她說話，彷彿能展現新的自己。清楚地感受到酒比以往好喝，腦細胞也活躍了起來。

由於酒吧打烊的時間快到了，南原請她到自己的房間繼續喝，她也欣然答應。

畢竟是成年男女，叫了客房服務喝了香檳後，很自然就上床了。南原不在乎畑山玲子戴著婚戒，心想反正只是一夜情的關係。

但事態卻朝意想不到的方向發展。

或許因為喝了酒，心情也放鬆了。做愛後，南原將岡島的事告訴她。而且還說出這樣的話：「要是他現在就死掉該有多好。」當他話一出口便後悔說太多。

可是畑山玲子對此的反應，更令他出乎意料。她竟說：「既然這麼怨恨，這麼礙事，殺了他不就得了。」

南原十分震驚。這是過去想都沒想過的事。不，也不是完全沒想過，只是排除在選項之外。因為他知道，要是岡島被殺，第一個會被懷疑的就是自己。

南原如此一說，畑山玲子雙眼浮現妖豔的光芒說：「我有一個好辦法。」並且自白，她其實也有一個想殺的人。

然後畑山玲子便提出交換殺人的點子。亦即她替南原殺了岡島，南原也要替她殺死她想殺的人。南原與畑山之間沒有任何關連，也沒有讓警方能洞悉兩人是共犯關係的危險性。當然也不用擔心會從被害人的人際關係找到實行犯。

起初南原認為這種事太離譜，但聽著畑山玲子的說明之際，他漸漸萌生這是個好主意的想法。

可是自己有辦法殺人嗎？——南原說出這個不安，畑山玲子面帶笑容說：「你一定辦得到。你是個有執行力的人。我知道你能。」被她妖豔的眼神凝視，南原宛如被催眠般，逐漸覺得殺人是件簡單的事。甚至認為過去將這個選項排除在外的自己，實在是太窩囊了。

接著南原也積極提出點子。兩人談著談著，氣氛越來越熱絡，內容也逐漸往實際的計畫發展。

兩人持續談到將近黎明。畑山玲子走出房間時，計畫已相當具體了。兩人在大阪柯迪希亞飯店辦完退房手續，還去買了預付卡手機，以便日後聯絡。

此外，這時也已決定由南原先下手。因為畑山玲子的父親處於什麼時候死都不奇怪的狀態。她說早一點比較好。

因此南原要她寫同意交換殺人的契約。為了預防日後遭到背叛，除了親自簽名，還要在簽名的旁邊按拇指印。

之後經過幾次討論後，計畫變得更具體了。每次在電話裡，畑山玲子都反覆地說，你一定辦得到。甚至還說，你是我看好的人，不可能辦不到。而每次南原也都被鼓舞激勵，渾身熱了起來。

畑山玲子預定和丈夫去加拿大旅行，也跟南原說，這段期間是他下手殺死畑山玲子的目標，亦即伊村由里的最好時機。

南原花了好幾天觀察伊村由里的行動，終於找到了最佳的下手時機。那就是伊村由里下班，搭計程車在自家附近下車時。她總在深夜獨自走杳無人跡的巷子回家。所幸，附近並沒有監視錄影器。

南原當然很怕殺人，擔心能不能順利成功。但這時只要想起畑山玲子說的「你一定辦得到」，便能湧現力量。此外，因為下手殺害的是完全不認識的人，因此南原也沒有真實感。

然後就在日期變成八月二號的兩小時後，南原下手行凶。從後面追趕走進巷子的伊村由里，在她回頭前便將繩子套上她的脖子。身材嬌小的伊村由里沒什麼力氣，也沒怎麼抵抗。確認她死亡後，南原立即離去。不可思議地，因為完全沒有真實感。所以連心臟的跳動都一如往常。腦海裡想的只有，這樣岡島就死定了。

翌晨，伊村由里的屍體被發現。但過了好幾天，也沒有刑警來找南原。不久，畑山玲子終於打了電話來。看來是刑警去找她了。但她有完美的不在場證明，所以警方也沒有再懷疑她。

就這樣，第一個計畫順利成功了。因此南原希望，畑山玲子也能早點收拾岡島孝雄。於是問她何時下手。

畑山玲子說，為了不讓警方察覺和第一起命案有所關連，想隔一個月以上。南原認為她的考慮是對的，所以也答應了。

然後到了九月底，畑山玲子跟南原聯絡，說她已經準備好了，問南原希望哪一天下手。南原建議十月四號，因為工作關係那天預定前往京都。

結果畑山玲子說，十月三號晚上能不能見個面。一則想和他做最後的討論，再則想鞏固自己的決心，希望能先和他見一面。南原沒有異議，想到說不定能再和她上床，心情也有點興奮。

地點選在大阪柯迪希亞飯店，並沒什麼特別用意。硬要說的話，因為這裡離京都學會的會場很近，也是兩人邂逅的地方。

十月三號，南原小心翼翼不讓人看見地進入大阪柯迪希亞飯店。畑山玲子已辦好住房手續。他去到畑山玲子告訴他的房間也見到了她。

畑山玲子計畫在四號晚上，以刀刃殺害岡島孝雄。根據南原提供的情報，她知道岡島孝雄經常獨自在研究室待到很晚。

聽到她要用刀刃時，南原十分震驚，覺得女人有辦法有用刀子殺人嗎？但畑山玲子說，正因為是女人，不用刀子殺不了人。

翌晨，南原離開飯店，前往京都。確實做好這一天的不在場證明，是他最重要的事。實際上他從早到晚，確實和很多人接觸，也在許多地方留下足跡。

然後到隔天五號的中午，等了又等的通知來了。岡島的屍體被發現了。聽到岡島遭刺殺身亡時，南原心想果然按照計畫實行了。

南原打電話給畑山玲子。她希望南原歸還契約，於是兩人約在東京車站碰頭。在東京車站的一隅，南原將契約還給她。這時兩人沒有看彼此的臉，也沒有交談。分手後，南原把和她聯絡用的預付卡手機扔進河裡。

原本一切都很順利，連在泰鵬大學和刑警見面時，南原也沒有任何忐忑。

可是刑警卻問了一件意外的事。

——十月三號的晚上，你在哪裡？

12

南原招供的隔天早上，新田與深川命案的搜查員一起造訪畑山玲子的住家公寓，為了要求她去警署接受偵訊。不僅是她，新田等人打算連她的丈夫義之也一起帶走。

畑山玲子住在保全森嚴的高級公寓大樓。新田將來意告訴大樓管理員，管理員便打開正門玄關的自動鎖。直到到達畑山夫妻的住處前，不想讓他們知道警察來訪。

他們的房間在四樓。確認房門旁邊的門牌後，一名刑警按下門鈴。這名刑警穿著大樓管理員的制服。剛才借來的。除了他以外，其他刑警躲在門眼看不到的地方。

「哪位？」對講機的喇叭傳出女人的聲音。是畑山玲子。

「我是大樓管理員，有點事想跟妳確認一下。」喬裝的刑警以悠哉的語氣說。演技頗為精湛。

不久門裡有了動靜。傳來開鎖的聲音，然後門開了。

喬裝的刑警行了一禮之後，用手壓著門，然後出示警視廳的警徽給她看。

「我是警察。妳是畑山玲子小姐吧。請和我們去一趟警署。」刑警以低沉的聲音這麼說。

新田等人也走到畑山面前。她驚愕地睜大眼睛，大聲咆哮：「警察？這是怎麼回事？警察找我有什麼事？」

下一個瞬間，房裡有了動靜，傳來趴噠趴噠來回走動的聲音。

新田推開畑山玲子，穿著鞋子衝進房裡。寬敞的客廳前面有個陽台，隔著玻璃看到一名穿睡衣的男子正在翻越欄杆。

新田穿過客廳，衝向陽台。在他抵達前，男子消失了。接著傳來了一聲「咚！」的重擊巨響。

新田從陽台往下看，畑山義之以大字形倒在稍微開始枯黃的草坪上。

畑山玲子的偵訊，由新田與本宮負責。新田讓她坐在偵訊室的後方，自己坐在她對面。本來應該以階級較高的本宮為主，但本宮說：「這個案子是你的，你就做到最後吧。」因此讓給了新田。

畑山玲子看起來很沉著。她說的第一句話是：「我先生情況如何？」

「傷得很重。」新田說：「畢竟從四樓跳下去。據說頭部也受到強烈撞擊，目前昏迷不醒中。」

畑山玲子垂下眼瞼，低喃了一句：「居然做這種傻事。」

「妳知道妳先生為什麼要做這種事嗎？」

「不知道。」畑山玲子緩緩地偏著頭說：「為什麼呢……」

「應該是為了……保護妳吧？」

「保護我？」

「他可能認為，要是自己死了，妳就不會被逮捕吧。沒有任何證物能顯示妳和南原的關係。妳可以主張南原說的交換殺人是他自己瞎掰的。」

畑山玲子兩眼直勾勾盯著新田，做了一個深呼吸。接收到她強烈的視線後，新田再度開口。

「我們調查了妳先生的毛髮，和在岡島孝雄先生車裡採集到的毛髮完全吻合。以這個為證物，我們會以殺人罪嫌逮捕妳先生。」

她的目光強度稍微轉弱了。「這樣啊。」

「等妳先生恢復意識，我們會詢問他詳細情形。可是妳先生不見得會說實話。此外，他也有可能就此昏迷不醒。這下妳要怎麼辦呢？妳要主張南原說的交換殺人是胡扯的，一切都是他瞎掰的嗎？」

畑山玲子的嘴唇浮現一抹冷笑。

「你認為這個主張，在法庭上行得通嗎？」

「當然不可能。」新田立即回答。「南原沒有任何理由殺害伊村由里小姐，但他是兇手也是事實。他的供述內容極其合理地解除了這個矛盾，也說明了妳先生的犯行。如果我被選為陪審員，我會毫不遲疑地舉手說有罪。」

她輕輕點頭。表情似乎已看開了什麼。

新田探出身去。

「不過有一點我不懂，妳為什麼背叛南原？要是妳照原定計畫，在十月四號下手的話，南原就有完美的不在場證明。」

畑山玲子嘆了一口氣。「因為我認為這樣不妥。」

「不妥？怎麼個不妥法？南原有不在場證明的話，對妳有什麼不利嗎？」

「如果南原先生的不在場證明太完美，我想警方應該會懷疑他有共犯。繼續查下去的話，交換殺人的事就可能會浮上檯面。但若南原先生沒有不在場證明，警方就無法逼近真相。」

「所以妳故意挑在十月三號和南原見面？」

「沒錯，為了奪走他的不在場證明。」

「他的不在場證明確實被奪走了。即便他人在大阪，也說出了飯店名稱，但就是不肯說出跟他在一起的人是誰。因為一旦說出口，自己兩個月前犯下的殺人案就會暴露出來。移動岡島教授的屍體，變更他車子的停車位置，是為了延遲命案被發覺吧。要是遺體在十月四號就被發現，南原會懷疑妳背叛他。一旦懷疑就不會把那份契約還給妳。」

畑山玲子點點頭：「就是這麼回事。」

「原來如此。妳想得真周到啊。」

「這是我先生想的。我把和南原先生交換殺人的計畫告訴他，他表示贊成，後來也幫我想了很多事情。」

「那麼關於妳和南原之間的關係，妳先生是怎麼想的？我猜他無法冷靜沉著吧。」

結果畑山玲子左右搖頭。

「我們之間，已經好幾年沒有夫妻之實。但我們是心靈伴侶，是最瞭解彼此的人。我先生也有情人，對此我什麼話都沒說。我們沒有離婚，是因為沒有理由。更何況夫妻這個頭銜，在各方面都很好用。」

「也就是所謂的假面夫妻嗎？不過妳先生說他很愛妳喔。」

「是啊，當然我也很愛他。所以我們感情很好喔。我們比誰都信任彼此。」畑山玲子微微抬高鼻尖，顯得有些驕傲。

就在此時，傳來敲門聲。本宮起身前去開門，在外面不曉得和誰小聲交談後，回到新田旁邊，在他耳邊細語。新田聽完後用力點頭，看向畑山玲子。

「好消息。妳先生恢復意識了。」

她閉上雙眼，將積在胸口的氣緩緩吐了出來：「太好了……」

「妳先生承認犯行了。此外，他要我們帶話給妳。」

「什麼話？」

新田凝視睜開雙眼的她說：「妳先生說，沒能保護妳很對不起。」接著又說：「看來妳們比誰都信任彼此，是真的啊。」

畑山玲子嫣然一笑：「所以我不是這麼說嗎？」

「我還想請教妳一件事情。」新田說：「關於玫瑰香水的事。」

13

畑山玲子移送檢方之後兩天，新田為了將特搜總部的各種資料送去警視廳而前往八王子南署。今後的偵訊或追加偵辦，將以警視廳為據點進行。

他走到特搜總部的大講堂時，穗積理沙跑了過來。

「新田先生，破案了呢。辛苦你了。」她說得精神奕奕，還深深行了一禮。

「妳也幫了很大的忙。組長說改天要去向妳道謝喔。」

「真的嗎？超感動。」穗積理沙雙手握拳頂著下顎。

「我也有點事要跟妳說。」

「什麼事？」

「這裡不方便說。妳現在有空吧，跟我一起來。」新田語畢便朝門口走去。

想不出適合說悄悄話的地方，於是新田來到頂樓天台，而且很幸運地沒有人。

「說吧。」新田再度面對穗積理沙：「妳也差不多該說出祕密了吧。現在誰都不會聽到，妳就把隱瞞的事全盤說出來吧。」

圓臉的女警一臉警戒怯怯地問：「你指的是什麼事？」

新田擺出不耐煩的表情，搖搖右手。

「少跟我裝傻了，就是玫瑰香水的事啊。」

「呃……」

「妳去大阪出差回來那天，大致報告了情況之後，忽然開始講起第一次和南原見面的事，說妳聞到玫瑰香水味。可是，那是騙人的吧。」

穗積理沙神情畏縮，稍微往後退了一步。「沒有啊……」語氣顯得有點心虛。

「敷衍也沒有用。其實我對自己的嗅覺也有幾分自信。不過那時候，我並沒有聞到南原飄來的香水味。」

「就說我的鼻子靈得跟狗一樣……」

「既然這麼靈，第一次見到畑山玲子時，妳竟然沒有聞到她身上的香水味。妳想跟我打馬虎眼，其實我早就看穿了。」

「那時候我鼻塞……」

「我也跟畑山玲子本人確認過了。我問她十月三號，有沒有擦香水？她說沒有，因為為了避免給人留下印象，所以那天特意沒擦香水。也就是說，她不可能把香味沾到南原的衣服。」

穗積理沙雙眼圓睜地眨個不停。鼻孔也有點膨脹。

新田踏出一步逼近她。「怎麼？到這個地步妳還想裝傻嗎？妳還要堅稱在泰鵬大學第一次見到南原時，聞到他的衣服有玫瑰香？」

穗積理沙尷尬地歪著頭說：「對不起……」

新田哼了一聲。

「妳終於招認了啊。打從一開始我就覺得有問題。」

「其實這件事有點複雜。」

「我想也是，所以我一直默不作聲至今。好了，可以告訴我了吧。妳為什麼要撒那種謊？我猜是妳在『大阪柯迪希亞飯店』掌握到什麼吧？」

「是的。可是，我不能把它拿來當證詞用。」

「到底怎麼回事？」

「說來話長……」

說了這句開場白後，穗積理沙接下來說的內容讓新田頗感意外。她說的事情的主角，是一位聰明的櫃檯小姐。首先，這位櫃檯小姐記得穗積理沙示出的照片裡的男性，曾於七月十號在飯店住宿。然後因為玫瑰香味，察覺到他和別的女性客人有一夜情的豔遇。接著在十月三號看到這名女性來住宿，因此推論上次那位男性、亦即南原可能也在這裡過夜。

「不過這位櫃檯小姐說，這些全部都只是她的猜測，若被拿來當證詞會很困擾。所以我就在想，該怎麼辦才好……」

穗積理沙再度低頭道歉說對不起。

新田皺起眉頭，搔搔後腦勺。

「妳撒了一個很危險的謊。幸好破案沒事了，要是這位櫃檯小姐的推理不正確，事情會變得很大條。」

「說得也是哦。啊，太好了。」穗積理沙撫胸，「嗯嗯」地頻頻點頭。

「瞧妳說的好像是別人的事。那麼，名字呢？」

「什麼？」

「名字啦。那位櫃檯小姐的名字。」

結果穗積理沙態度堅定地搖搖頭：「這不能說。」

「為什麼？」

「我答應她絕對不會說出她的名字。這是女人和女人之間的約定。」說完還用手捂著嘴巴。「更何況，她已經不在那間飯店了。昨天我打電話想向她道謝，結果她好像調去別間飯店了……」

「我真想見見這位聰明的櫃檯小姐。」

「她是個美女喔！希望你有機會見到她。」

新田歪著嘴角看向遠方。東京的天空開始泛紅。明明才剛破案，卻覺得像是有什麼事要開始的預兆。

尾聲

再過約三十分鐘，日期就要更新一天了。辦住房登記的客人也明顯減少了。但看預約名單，接下來似乎還有客人會來。山岸尚美看著手錶暗忖，今夜最好不要有爛醉如泥的客人。

昨晚深夜兩點多，來了一名男性客人很離譜。他是在酒店小姐陪同下來的，自己根本沒辦法走路，一屁股癱坐在櫃檯前，當然也無法好好交談。結果由酒店小姐一邊大聲問他，一邊填寫住宿登記表的姓名和地址。尚美見她只穿薄薄的洋裝和一件外套，由衷感到心疼。

回到東京柯迪希亞飯店已經快一個月。這裡的氛圍果然和大阪有微妙的不同。剛回來的時候，尚美甚至有些無所適從。要說哪裡不同，其實也說不上來。硬要說的話，就是比大阪更不讓人有機可乘吧。

尚美思索著這些之際，一位女性從正門玄關進來，大約三十五歲左右，穿著牛仔褲與黑色的針織衫和開襟毛衣。最近夜裡都急遽轉冷。儘管事不關己，尚美看了還是很擔心，穿這樣不會冷嗎？

這位女性筆直地走到櫃檯。尚美行了一禮：「歡迎光臨。」

「我想請問一下。」她直接了當地說：「有位松岡高志先生，今晚應該住在你們飯店，能不能告訴我他的房號？」

「松岡先生……是嗎？」

「我知道妳不能隨便告訴我。」她察覺到尚美的警戒心，立即說：「不過請相信我。我真的有要事找他。」

「能不能請問是什麼事？」

尚美一問，她露出靦腆的笑容點點頭。

「其實我剛從紐約回國。從成田機場直奔這裡。」

「這樣子啊。從紐約來……」尚美不禁打量她的全身。

「行李已經寄回家了。至於為什麼來這裡，因為我男朋友今晚住在這裡。我們是遠距離戀愛，已經一年多沒見了。我這個男朋友，就是松岡高志先生。」

「這樣啊。那麼他也一定引頸期盼在等妳吧。」

但她搖搖頭。

「可是我沒有告訴他我今晚回國。我是臨時決定的，是有想跟他聯絡，可是沒辦法。不過我也想反過來利用這個。也就是說，突然去他的房間，給他一個驚喜。因為今晚是他的生日。」

「哦，原來如此。」尚美用力點頭。

「因為這個緣故，能不能請妳告訴我房間號碼？這種機會很難有。求求妳。」她雙手在胸前合十，猶如膜拜神明般地祈求著。眼神帶著哀愁。

尚美暗忖，真麻煩。心情上是想幫助她，可是不能破壞規定。更何況眼前這名女子散發出來路不明的危險氣息。尚美以飯店人的特有嗅覺聞到了這種氣味。

尚美操作手邊的終端機，立刻找到松岡高志這個名字。

「有嗎？」她問。

尚美刻意偏著頭說：「這裡的資料沒有耶。」

「怎麼可能。再仔細查查看。」她語帶煩躁地說。

「這位先生是用本名住宿嗎？」

「應該是。他沒有理由用假名。」

「我知道了。因為預約方式不同，有些情況不會在這裡留下資料。我去查查看，您能稍等一下嗎？」

「好。」她點頭。尚美說了一句「失陪一下」便離開櫃檯，打開後面的門進入辦公室。立刻拿起內線電話，撥到松岡高志的房間。

「喂？」話筒傳來年輕男性的聲音。

尚美簡單扼要陳述了事情。若他們真的是情侶，尚美這個行為會讓女方的美好計畫泡湯，但這也是逼不得已做出的判斷。

但松岡聽了那位小姐的外型長相後，斷言她在瞎掰。

「那種話是騙人的。請絕對別把我的房間號碼告訴她。能不能趕快把她趕走啊？」

「那麼，我就告訴這位小姐，您沒有住在這裡吧？」

「好，就這麼說。拜託妳了。」

「好的，我知道了。」尚美掛斷電話，做了一個深呼吸，走出辦公室。

「怎麼樣？有吧？」那位小姐看著尚美的臉問。

「很可惜，松岡高志先生沒有住在本飯店。」

她深深皺起眉心。

「不可能，妳不要騙我！」她的語氣兇了起來。「他絕對住在這間飯店裡！我是聽他本人說的錯不了。妳再給我仔細查清楚！」

尚美努力擠出沉著的語氣說：

「確實，他曾經一度預約房間。可是臨時取消了。今天晚上他並沒有住在這裡。」

女子咬著嘴唇，狠狠地瞪過來。尚美深深地低頭鞠躬。

「好吧。既然這樣，我不再求妳了。那妳幫我準備個房間吧。」

「房間……是嗎？」

「對。單人房或雙人房都行。我要住宿，請妳準備房間。」女子以憤然的態度說。

尚美暗忖，事情越來越麻煩了。她可能是想住進來，企圖以自己的力量找出松岡高志吧。還有空房間，對飯店而言不是壞事。可是松岡叫我把她趕走。現在這個時間點，松岡是客人，但這名女子不是客人。既然如此，該優先聽誰的話，已經很清楚。

「實在很抱歉，今晚已經客滿了，無法為您準備房間。期待您下次再度光臨。」尚美語畢，再度低頭鞠躬。

她兇狠地瞪著尚美。

「不可能吧，這可是平日的夜晚喔。一個房間總有吧！」

「真的很抱歉。」

「我懂了，妳這是趁人之危吧。OK。那不管是豪華套房或皇家套房都好。不管多少錢我都會付，總之幫我弄個房間。」

這句話真是令人心動。尚美不禁思索，雖然很麻煩，但又很想談成這筆交易。雖然松岡高志叫我把她趕走，但我也可以說她要住宿，我不能拒絕她。可是——

「真的很對不起。」尚美再度低頭道歉。「今晚，這些高級房間也都有人住了。請您諒解。」

她沉默了下來。由於低著頭，尚美不知道她是什麼表情。

「是嗎？」她終於開口。語氣冷到令人毛骨悚然。「妳打了電話給高志吧。那傢伙跟妳說了什麼吧。對不對？」

尚美沒有回答。無論怎麼回答，對方都不會接受吧。既然如此，只能選擇一直低頭道歉。

「好吧，算了！」

聽到怒拍櫃檯的聲音，也察覺到她離去的氣息。儘管如此，好一陣子，尚美還是沒有抬起頭。

「山岸小姐，她已經走了喔。」尚美聽到旁邊的年輕櫃檯人員這麼說。

她終於恢復姿勢。確實，已經不見那名女子的身影。

「那個小姐真的很兇啊。」晚輩小聲地說。他在一旁看了完整的始末。「那兩個人之間，到底出了什麼事啊。」

「大概可以想像。」尚美言盡於此。

之後過了一會兒，內線電話響了。看了房間號碼，尚美呼了一口氣後接起電話。

「讓您久等了，松岡先生。請問有什麼事嗎？」

「哦，我是在想，剛才那件事怎麼樣了？」松岡有點顧慮地問。

尚美吸了一口氣，嘴角擠出笑容。

「如果您是問剛才那位小姐，她已經走了。」

「哦……這樣啊。她看起來怎樣？」

尚美心想，你煩不煩啊。這麼在意的話，自己去見她不就得了。

「我沒答應她的要求，害她心情很差的樣子。」

「她相當生氣？」

「對……是啊，我被她罵得很慘。」

「這樣啊。她是我已分手的女朋友，但她似乎不接受分手的樣子。」

「原來是這樣啊。」

尚美早就料到是這麼回事。雖然她不想知道詳情，但也猜想大概不是女方的錯。八成是男方以自私的理由硬要切斷關係吧。若非如此，男方沒必要逃避躲藏。

「實在很不好意思。」

「不會，請別在意。請您好好休息。」

松岡說了一聲謝謝便掛斷電話。尚美隨後也掛回話筒。

坦白說，尚美很想站在那位小姐那邊。但身為飯店人員，她不能這麼做。不管對方是多麼令人瞧不起的人，只要他是飯店的客人，都要守護他的面具，因為這是身為「飯店人」的職責。

●國家圖書館出版品預行編目資料

假面飯店：前夜 / 東野圭吾作. -- 初版. -- 臺北市：
三采文化, 2016.02
面；　公分. -- (iREAD ; 96)

ISBN 978-986-342-543-4(平裝)

861.57　　　　104027837

suncolor
三采文化集團

iREAD 96

假面飯店：前夜

原書名　マスカレード・イブ
作者　東野圭吾
譯者　陳系美
副總編輯　鄭微宣
日文編輯　李煒婷
行銷企劃　劉哲均
美術主編　藍秀婷
美術編輯　徐珮綺
內頁排版　優士穎企業有限公司　陳佩君
版權經理　劉契妙

發行人　張輝明
總編輯　曾雅青
發行所　三采文化股份有限公司
地址　台北市內湖區瑞光路 513 巷 33 號 8 樓
傳訊　TEL:8797-1234　FAX:8797-1688
網址　www.suncolor.com.tw
郵政劃撥　帳號：14319060
戶名：三采文化股份有限公司
初版發行　2016年2月 3 日
15刷　2024年2月25日
定價　NT$380

suncolor

suncolor